199

ÉCOLE DEGRASSI

Louis

Susin Nielsen

Traduit de l'anglais par
LOUISE BINETTE

EH Héritage jeunesse

Données de catalogage avant publication (Canada)

Nielsen, Susin, 1964-
Wheels. Français
Louis

(École Degrassi)
Traduction de : Wheels.
Pour les jeunes à partir de 10 ans.

ISBN : 2-7625-7171-5

I. Titre. II. Titre : Wheels. Français. III. Collection.

PS8577.I37W414 1992   jc813'.54   C92-096927-5
PS9577.I37W414 1992
PZ23.N53Lo 1992

Cette traduction a été possible grâce à une subvention du Conseil des
Arts du Canada.

Wheels
Copyright© 1990 by Playing with Time Inc.,
Publié par James Lorimer & Company, Publishers, Toronto, Ontario

Version française
© Les Éditions Héritage Inc. 1992
Tous droits réservés

Dépôts légaux : 3e trimestre 1992
Bibliothèque nationale du Québec
Bibliothèque nationale du Canada

ISBN : 2-7625-7171-5   Imprimé au Canada

Photo de la couverture : Janet Webb

LES ÉDITIONS HÉRITAGE INC.
300, Arran, Saint-Lambert (Québec) J4R 1K5
(514) 875-0327

Ce livre est basé sur les personnages et le scénario de la série télévisée «Degrassi Junior High». Cette série a été créée par Linda Schuyler et Kit Hood pour «Playing With Time Inc.», sous la supervision de Yan Moore, auteur.

C'est autre chose et c'est tant mieux.

**N'oublie pas de regarder
l'émission Degrassi à Radio-Québec
ainsi qu'à TV Ontario.**

Susin Nielsen désire remercier
tout spécialement Rhonda Wolpert
de Bereaved Families of Ontario, *bureau de Toronto,*
pour sa collaboration et sa sagesse.

CHAPITRE 1

Louis fixait le plafond de sa chambre. Dans le coin au-dessus de lui, une araignée avait tissé sa toile ; Louis l'observait, fasciné, tandis qu'elle se dirigeait lentement vers une mouche toujours vivante qui tentait de se libérer du piège de fils soyeux.

« Bien sûr, l'araignée peut prendre son temps, pensa Louis. Elle sait très bien que la mouche ne peut s'échapper. » Il continua à regarder jusqu'au moment où l'araignée atteignit la mouche, bouchant la vue de Louis de façon qu'il ne puisse être témoin du crime. Il ne put qu'imaginer la mouche se faisant dévorer, petit à petit, par l'araignée. Souffrait-elle ? Se doutait-elle le moindrement qu'elle allait mourir ?

« Assez », se dit Louis intérieurement, les dents serrées. Il se tourna sur le côté, chassant de son esprit l'image de l'araignée et de sa proie.

La pendule numérique sur sa table de chevet indiquait quatre heures du matin. Louis était réveillé depuis une heure, étendu sur son lit, la lumière allumée. Il ne parvenait toujours pas à passer une nuit sans se réveiller. Et cela arrivait toujours au même moment. Il se couchait vers vingt-deux heures et dormait paisiblement durant quelques heures. Puis, les cauchemars commençaient et il se réveillait en sursaut, le cœur battant, dans des draps mouillés de sueur. Tôt ou tard, il se rendormait, mais avait souvent besoin de quelques heures seulement pour se calmer. C'était ridicule, se disait-il sans cesse.

La nuit était le pire moment pour lui. Il avait alors l'impression d'être de nouveau le petit garçon ayant déclaré à ses parents qu'il était désormais trop vieux pour dormir avec une veilleuse. Cette nuit-là, cependant, et de nombreuses autres ensuite, il avait eu peur que l'obscurité ne l'engloutisse tout entier. À la pensée de ce qui pouvait se trouver dans sa garde-robe ou sous son lit, il était demeuré paralysé par la peur, incapable de fermer l'oeil. Toutefois, il ne pouvait avouer à ses parents qu'il voulait remettre sa veilleuse; il avait donc tu ses craintes, redoutant chaque nouvelle nuit qui s'annonçait et inventant toujours des excuses pour ne pas aller se coucher.

Jusqu'au jour où il avait dormi. À poings fermés. Il avait atteint un tel état d'épuisement que le monstre le plus terrifiant du monde n'aurait pu le tenir éveillé; à partir de cette nuit-là, il avait dormi paisiblement.

«Ce sera la même chose cette fois, se dit-il. Encore quelques semaines…»

Louis repoussa les couvertures. Il fallait qu'il aille aux toilettes. Il balança ses jambes sur le côté du lit et se préparait à se lever lorsqu'il entendit du bruit dans le couloir. Des pas.

Sa grand-mère faisait encore les cent pas dans l'appartement. Depuis son arrivée deux semaines auparavant, Louis avait remarqué qu'elle aussi se réveillait souvent au milieu de la nuit.

Il ne pouvait supporter de tomber sur elle dans le couloir. Il fallait pourtant qu'il aille aux toilettes. Aussi silencieusement que possible, il se leva et marcha sur la pointe des pieds jusqu'à la porte de sa chambre. Il l'ouvrit et jeta un regard à gauche, puis à droite. Aucune trace de sa grand-mère. Il se précipita hors de sa chambre, pénétra en coup de vent dans la salle de bains et verrouilla la porte.

«Tant de ruse seulement pour aller aux toilettes!» pensa Louis en se soulageant.

Il actionna la chasse d'eau et ouvrit le robinet d'eau froide du lavabo. Il laissa couler l'eau jusqu'à ce qu'elle fût glacée, puis s'en aspergea le visage. Lorsqu'il se redressa, il jeta un coup d'oeil à son reflet dans le miroir.

Il avait une mine affreuse.

«Il est quatre heures du matin», plaisanta-t-il intérieurement. «Tu ne peux t'attendre à être aussi beau que d'habitude.» Cependant, les cernes sombres sous ses yeux étaient bouffis et marqués et ne semblaient pas à leur place sur sa figure d'adolescent de quatorze ans. Deux semaines auparavant, il croyait que seuls les gens âgés avait des poches sous les yeux.

— D'accord, tu es dégoûtant, dit-il à son reflet.

Il examina minutieusement sa peau et découvrit un bouton disgracieux sur son menton. S'approchant du miroir, il se mit à le presser.

Quand Louis pensait à son apparence, ce qui lui arrivait plus souvent à mesure qu'il vieillissait, il se considérait dans la moyenne. Apparence moyenne, stature moyenne... sans plus. Et cela lui convenait bien ainsi.

Ses cheveux châtains ondulés avaient beaucoup allongé depuis un mois. Ils tombaient presque sur ses épaules; cela lui plaisait bien car il ressemblait plus à une vedette rock et moins à un sportif. Certains élèves de l'école croyaient qu'il était sportif à cause de ses cheveux plutôt courts et de la façon dont il s'habillait, mais il n'en était rien. Il n'avait même pas beaucoup d'aptitude pour le sport. Cependant, chaque fois qu'il avait tenté de laisser allonger ses cheveux sur sa nuque, ses parents avaient insisté pour qu'il les fasse couper, le reléguant ainsi à son point de départ.

Louis passa une main dans ses cheveux emmêlés. Maintenant, il pouvait les laisser allonger autant qu'il le voulait. Ses parents n'étaient pas là pour lui dire d'aller les faire couper.

Ses yeux étaient bleus, son teint pâle et généralement clair. Il trouvait son nez trop gros, mais c'était là le genre de chose que personne d'autre ne remarquait. Il n'était ni gros ni mince, ni grand ni petit. Tout à propos de lui se situait dans une moyenne rassurante.

Certains lui disaient qu'il ressemblait à sa mère. D'autres prétendaient qu'il tenait de son père. Ses parents et lui échangeaient toujours un sourire entendu lorsque quelqu'un faisait une remarque de ce genre, car Louis était adopté. Ses parents avaient désiré ardemment avoir un enfant, mais ils étaient incapables de concevoir. Ils l'avaient adopté alors qu'il n'était qu'un bébé et l'avait nommé Louis Wheeler.

Il ne s'était jamais senti «adopté». L'année précédente, il avait rencontré son père naturel, Michel.

Louis se souvenait de ce que son ami Anguille avait dit.

— Chouette ! Tu as enfin fait la connaissance de ton vrai père.

— Ce n'est pas mon vrai père, avait répliqué Louis.

— Bien... tu sais ce que je veux dire, avait tenté d'expliquer Anguille, se dandinant d'une longue jambe sur l'autre.

Cela avait toujours été facile de mettre Anguille mal à l'aise.

— Non, je ne sais pas, avait poursuivi Louis, entêté. Jacques Wheeler est mon vrai père, pas juste un gars qui surgit de nulle part après treize ans.

Cela avait mit un terme à leur conversation.

Louis s'aspergea de nouveau le visage, puis déchira un petit morceau de papier hygiénique qu'il colla sur son menton. Il ouvrit la porte de la salle de bains.

Tout était silencieux. Sa grand-mère devait s'être recouchée et Louis avait soif. Il se dirigea vers la cuisine obscure afin de se verser un verre de jus de pomme.

Dès qu'il alluma la lumière, il l'aperçut. Elle était assise à la table de la cuisine, pleurant sans bruit.

Il figea. Elle le regarda de ses yeux mouillés où brillait une lueur d'espoir. Puisqu'il n'y avait aucune chance de s'esquiver, il marcha vers elle et lui serra rapidement l'épaule.

— Ne pleure pas, grand-mère, dit-il d'une voix neutre.

Ses sanglots redoublèrent d'intensité. Elle serra sa main, l'empêchant de partir.

— Tu te rappelles lorsque nous sommes tous allés

en Floride? Tu avais alors sept ans et tu étais si excité. Tu n'arrêtais pas de demander quand tu verrais un alligator et ta mère t'en a finalement acheté un en peluche…

Louis la regarda, un sourire pincé sur les lèvres, et attendit qu'elle finisse de parler.

— Tu t'en souviens, n'est-ce pas?

Elle desserra son étreinte et il retira sa main.

— Écoute, grand-mère, dit-il, je suis terriblement fatigué. Je crois que je vais aller me recoucher.

Il vit qu'elle était déçue, mais cela ne l'empêcha pas de sortir de la pièce.

Il aurait voulu qu'elle ne pleure pas tant. C'était tout ce qu'elle faisait depuis deux semaines.

Les adultes étaient censés se maîtriser. Louis essayait de toutes ses forces de le faire et, selon lui, il y parvenait mieux que sa grand-mère. Elle tentait toujours de le faire parler d'eux. Ne comprenait-elle pas que parler d'eux n'aidait pas? Cela le faisait seulement se sentir misérable. Et il en avait assez de se sentir misérable.

Il s'étendit sur son lit. Il n'était plus du tout fatigué. Il saisit ses lunettes sur la table de chevet et les mit.

Louis aimait la lecture, mais il lisait lentement. Il mettait beaucoup de temps à terminer un livre, surtout si c'était pour l'école. Il préférait lire les magazines de musique qu'il achetait chaque mois et qu'il dévorait, de la première page à la dernière. Il lisait tout ce qui portait sur le rock.

Sous sa table de chevet se trouvait une foule d'objets qui s'étaient amassés au fil des ans. Il n'avait jamais été ordonné et ses parents avaient finalement renoncé à tenter de lui faire ranger sa chambre.

— Garde ta porte fermée pour que nous n'ayons pas à regarder, disaient-ils.

Il tâtonna au hasard jusqu'au moment où sa main se posa sur ce qui semblait être un magazine. Il parvint à s'en emparer sans faire tomber le reste de la pile.

Lorsqu'il vit la couverture, son sang ne fit qu'un tour. *La basse pour débutants*. Il croyait avoir perdu ce cahier des mois auparavant.

Son père et sa mère le lui avait offert pour son anniversaire l'année précédente. Il se rappela avoir été troublé en l'ouvrant.

— Merci, avait-il dit lentement en regardant dans la pièce pour voir s'il y avait un autre cadeau qu'il n'avait pas remarqué. Merci beaucoup.

Il s'était efforcé de paraître plus enthousiaste, mais il se rappelait avoir pensé que c'était un drôle de cadeau. Il aimait le rock et ses parents le savaient. Il rêvait d'apprendre à jouer de la basse depuis longtemps. Et voilà que ses parents lui donnaient ce livre.

Il y avait toutefois un problème : il n'avait pas de basse.

Il revit dans sa tête le regard que ses parents avaient échangé. Il n'avait rien saisi alors.

— Louis, mon chéri, ça t'ennuierait de sortir les ordures ?

C'était tout ce que sa mère avait dit.

— Tout de suite ?

C'était son treizième anniversaire et sa mère lui demandait de sortir les ordures!

— Tu devais le faire hier, jeune homme, avait ajouté son père d'un ton sévère. Tu es le seul à blâmer pour avoir à le faire aujourd'hui.

Louis avait maugréé intérieurement en saisissant les deux sacs de plastique et en ouvrant la porte de l'appartement. La porte de derrière menait à un escalier de secours au bas duquel se trouvait une boîte à ordures. Louis avait dévalé l'escalier, faisant résonner le métal sous ses pas. Il n'était même pas rendu en bas lorsqu'il avait lancé les sacs dans la boîte.

« Tout un anniversaire ! » avait-il pensé en remontant l'escalier, la tête baissée.

— Papa, maman, je vais faire un tour chez Joey, avait-il crié par la porte ouverte.

Mais en atteignant le haut de l'escalier, il s'était immobilisé, figé. Sur le palier se trouvait une magnifique basse bleu métallique.

Louis avait levé les yeux, bouche bée, apercevant ses parents debout dans l'embrasure de la porte. Il avait été incapable de dire quoi que ce soit. Son regard allait de la basse à ses parents. Enfin, il s'était jeté à leur cou et les avait serrés dans ses bras.

Louis savait que sa passion de la musique lui venait de ses parents. D'aussi loin qu'il s'en souvenait, il y avait toujours eu de la musique dans la maison. Il aimait presque tous les genres de musique, même le classique. C'était cependant le rock qu'il préférait.

— Elle est superbe, était-il finalement parvenu à murmurer.

— Elle est d'occasion, avait dit sa mère en souriant

16

d'un air anxieux. Nous n'avions pas les moyens d'en acheter une neuve.

— Elle paraît neuve, avait-il protesté. Elle reluit comme une neuve.

Les parents de Louis aimaient regarder leur fils s'exercer à la basse. Ils ne pouvaient lui offrir de leçons en plus des mensualités qu'ils versaient pour payer l'instrument, mais grâce à des livres comme *La basse pour débutants*, Louis commença à apprendre à jouer tout seul. Sa mère lui avait dit un jour qu'il semblait très à l'aise avec une basse dans les mains…

— Louis, essaie de dormir. Tu dois aller à l'école demain.

La voix de sa grand-mère lui parvint de l'autre côté de la porte, le ramenant brutalement dans le présent.

Louis sentit une boule familière dans sa gorge en regardant le livre. Son visage était chaud et ses yeux lui brûlaient, mais il ne pleurerait pas. Il glissa le livre sous son lit et remonta les couvertures jusque sous son menton.

«Prends une bonne inspiration, se dit-il. Inspire… et expire…» Il enfonça ses ongles dans les paumes de ses mains jusqu'au moment où il fut certain de s'être coupé la peau; lorsqu'il regarda, cependant, il n'y avait que de grandes marques rouges autour des empreintes qu'il avait faites.

La pendule indiquait cinq heures. Sa grand-mère avait raison. Il devait dormir. Les cours commençaient dans quatre heures. Ce serait sa première journée d'école depuis deux semaines.

Il n'aurait jamais cru qu'il pût avoir hâte de retourner à l'école, mais c'était le cas. Au moins, cela l'occuperait durant six heures chaque jour. Il ne pensait pas pouvoir supporter une autre journée à la maison à flâner, à écouter sa grand-mère pleurer et son grand-père tenter de la réconforter.

Il enleva ses lunettes et éteignit la lampe. Toutefois, il était incapable de fermer les yeux. Il ne voulait pas que les cauchemars recommencent.

Ils étaient horribles, pleins d'images de ses parents couverts de sang, l'appelant en criant ou le fixant avec des yeux accusateurs ; pleins du bruit de verre brisé et de crissement de pneus. Parfois, il jurait qu'il pouvait sentir l'odeur de caoutchouc brûlé, malgré le fait qu'il n'ait pas été présent. Il n'avait pas vu les corps ni le lieu de l'accident. Il n'avait rien vu de tout ça. Mais dans ses cauchemars, il était là avec eux jusqu'à la toute fin et une voix lui répétait sans cesse que c'était sa faute...

Louis ralluma la lumière. Il regarda l'araignée au plafond, se demandant si elle avait terminé son repas.

CHAPITRE 2

L'école Degrassi était un vieux édifice de briques rouges où apparaissaient encore, gravés dans la pierre au-dessus de deux entrées situées à chaque extrémité du bâtiment, les mots « filles » et « garçons ». Cela avait fait rire Louis et son meilleur ami, Joey Jeremiah, lorsqu'ils étaient venus à Degrassi pour la première fois, deux ans auparavant. Ils ne pouvaient imaginer être séparés des filles durant la récréation et l'heure du lunch.

— Quelle idée stupide ! avait dit Joey.

— Ça n'aurait pourtant pas fait une grosse différence dans ton cas, avait plaisanté Louis. Les filles ne te regardent pas de toute façon.

Maintenant, il fixait l'école. Un groupe d'élèves pressèrent le pas en passant près de lui, chuchotant. Parlaient-ils de lui ? Il vit une fille jeter un coup d'oeil dans sa direction, mais quand elle constata qu'il la regardait, elle se retourna rapidement.

« Oh mon Dieu ! » Son estomac se contractait.

« Je vous en prie, ne les laissez pas me traiter différemment», pensa-t-il. À l'exception de Joey, il n'avait revu aucun des élèves depuis les funérailles.

La journée des funérailles avait été froide et venteuse. De gros nuages gris s'étaient massés, menaçant de laisser tomber la pluie sur eux à tout instant. Louis se rappelait avoir pensé que le temps reflétait son humeur.

Les élèves de l'école se tenaient d'un côté de la fosse tandis qu'il était debout de l'autre côté avec ses grand-parents. Il les avait observés à la dérobée à travers ses cheveux qui commençaient à lui cacher les yeux. Certains d'entre eux pleuraient ouvertement ; d'autres demeuraient silencieux, la peur et la confusion se lisant sur leurs visages.

Ils étaient ses amis, mais personne n'aurait pu le deviner. Ils ne lui avaient pas adressé la parole et il ne leur avait pas parlé non plus. Après tout, qu'y avait-il à dire ? Qu'auraient-ils bien pu lui dire ? Une fois la cérémonie terminée, Louis s'était dirigé rapidement vers la limousine, pensant à quel point c'était fou : toute sa vie, il avait rêvé de faire une balade dans une limousine avec chauffeur...

Maintenant, il avançait lentement sur le trottoir. Il se sentait faible et engourdi. Il avait enfin réussi à s'endormir à six heures pour se faire réveiller par sa grand-mère une heure et quart plus tard.

— Hé ! Louis !

Il se retourna.

C'était Joey. Comme d'habitude, il portait un chemisier hawaïen voyant — Louis aimait bien taquiner Joey en lui disant qu'il devait supporter le marché hawaïen de l'exportation de vêtements à lui tout seul —, des jeans, des chaussures de sport et un chapeau. Joey possédait environ six différents chapeaux ayant appartenu à son père; il les portait avec une fierté que Louis arrivait difficilement à comprendre.

Il regarda ses propres vêtements — ses jeans délavés habituels, un t-shirt propre et des chaussures de sport. Contrairement à Joey, Louis préférait rester dans l'ombre.

Joey le rattrapa, mettant un moment à retrouver son souffle. D'aussi loin que Louis s'en souvenait, Joey avait toujours été son meilleur ami. Ils s'étaient rencontrés à la maternelle et depuis, ils avaient toujours fréquenté les mêmes écoles. Ils demeuraient à quelques pâtés de maisons l'un de l'autre et cela avait semblé tout naturel qu'ils deviennent amis. Un jour, en sixième année, ils avaient conclu un pacte : même si l'un d'eux déménageait à l'autre bout du monde, ils seraient toujours amis.

En secondaire I, Joey et Louis avaient fait la connaissance d'Anguille Simpson. C'était un garçon grand, au visage parsemé de taches de rousseur, décontracté et facile à vivre. Ils étaient devenus un trio, inséparable à l'école et durant les week-ends.

Louis aimait beaucoup Anguille, mais il savait qu'il ne pourrait jamais être aussi intime avec lui qu'il l'était avec Joey.

— Hé ! vieux !

Joey passa son bras autour des épaules de Louis.

— Content que tu sois de retour.

Au cours des deux dernières semaines, Joey avait rendu visite à Louis tous les jours en rentrant de l'école. À mesure que les jours passaient, toutefois, les visites étaient devenues plus courtes. Louis savait qu'il aurait dû être reconnaissant à Joey de prendre le temps de s'arrêter chez lui, mais il s'était vite lassé d'écouter les bavardages de Joey à propos de ce qui se passait à l'école. Il se moquait de savoir qui sortait avec qui ou quel professeur avait donné deux examens-surprises en une semaine. Il en avait eu vite assez et, les dernières fois où Joey s'était arrêté chez lui, Louis lui avait dit qu'il était trop fatigué pour recevoir des visiteurs.

Louis sourit froidement.

— Je crois que je suis content aussi, dit-il.

— Comment te sens-tu?

— Bien, répondit Louis en souriant. Vraiment. Je me sens bien.

Joey le regarda avec précaution.

— Vraiment?

— Oui, vraiment.

Louis s'entendit hausser le ton.

— Je vais bien. Sincèrement.

— Bon, tant mieux, répondit Joey lentement. Tant mieux.

Louis sentait que Joey le regardait, toujours pas convaincu.

— Eh bien! dit Louis en inspirant profondément tandis qu'ils arrivaient devant les portes principales, nous y voilà!

— Ouais, dit Joey en riant avec gêne.

Il regarda le visage de son ami lorsque Louis posa la main sur la poignée de la porte sans toutefois l'ouvrir. Puis, Joey ouvrit la porte d'un mouvement rapide et la tint ouverte pour laisser entrer son ami.

Louis entra dans le hall bondé d'élèves et regarda,

incrédule, la foule se disperser en petits groupes.

— Est-ce mon imagination ou ai-je réussi à faire évacuer le hall tout seul?

— Tu as toujours eu le tour avec les gens, dit Joey avec un rire nerveux.

Mais la plaisanterie tomba à plat. Louis demeura là où il se trouvait, espérant que Joey ne s'apercevrait pas qu'il tremblait.

— Allez, dit Joey. Je t'accompagne jusqu'à ta classe.

Jusqu'à l'année précédente, Louis et Joey avaient toujours été dans la même classe. Mais Joey avait redoublé et recommençait actuellement son secondaire II. Ils n'avaient plus aucun cours ensemble.

Louis se rappela avoir pensé, l'année précédente, que si l'un d'eux devait échouer, ç'aurait dû être lui. Joey avait redoublé pour la simple raison qu'il n'étudiait pas. Il était vraiment brillant. Louis, de son côté, avait travaillé très fort durant la dernière année pour passer en secondaire III. Le cours de musique était le seul qui ne lui posait aucun problème. Un jour, le professeur l'avait emmené à l'écart et lui avait dit qu'il avait du talent, non seulement pour jouer de différents instruments, mais également pour ces choses que les autres élèves trouvaient ennuyeuses, comme la théorie, la critique et les gammes. Louis avait noté ce compliment dans sa mémoire. Ce n'était pas souvent qu'un professeur le félicitait.

— Je suppose que tu devras te mettre à jour dans tes travaux, dit Joey en ramenant Louis à la réalité.

— Je suppose.

Même Joey tenait des propos insignifiants, constata

Louis. Joey Jeremiah, le garçon à la repartie facile, avait du mal à trouver quelque chose à dire.

Tandis qu'ils marchaient dans le long corridor aux casiers bleus et violets alignés contre le mur, tout semblait étrangement calme. Généralement, le bourdonnement des voix, des rires et des pas était à son point culminant avant le début des cours. Louis regarda autour de lui. Comme d'habitude, les couloirs étaient bondés, mais à mesure que Louis avançait, les conversations s'interrompaient. On ne le regardait pas, mais, d'une certaine façon, Louis savait qu'il était le centre d'attention. Et il détestait cela.

Joey avait toujours trouvé cela étrange.

— Tu veux être un rocker, n'est-ce pas? demandait-il. Les rockers sont censés adorer être le point de mire.

Mais Louis ne voulait pas d'attention. Il voulait seulement jouer de la basse. Joey, quant à lui, voulait être Mick Jagger et même deux fois plus célèbre que lui.

— Est-ce que tout le monde le sait? murmura Louis tandis qu'ils approchaient de la classe.

Joey fit un signe affirmatif. «Bien sûr, ils le savent tous, pensa Louis. Les mauvaises nouvelles se propagent vite.»

— Salut Louis! cria presque une voix féminine.

La voix sembla résonner encore plus fort dans le silence. Louis leva les yeux et aperçut Alexa, une fille d'une vitalité pétillante qui était dans sa classe, debout devant son casier. Un large sourire forcé éclairait son visage.

— Salut, marmonna Louis, les dents serrées.

Était-elle obligée de crier ?

Lorsqu'ils furent passés devant elle, Louis se retourna et vit que son sourire avait déjà fait place à une expression de pitié.

« Super, pensa-t-il. Ils ont tous pitié de moi. »

Ils s'arrêtèrent devant la porte de sa classe.

— On se voit à l'heure du lunch ? demanda Joey en regardant son ami d'un air inquiet.

— Bien sûr, répondit Louis.

— Tu connais mon horaire si tu as besoin de moi.

— Je ne suis pas un petit garçon, Joey. Je m'en tirerai très bien, dit-il d'un ton exaspéré. À tout à l'heure.

Louis entra dans sa classe.

— Il fait tellement pitié, entendit-il Érica dire.

Elle se trouvait au centre d'un petit groupe d'élèves qui parlaient à voix basse de l'autre côté de la classe.

— Chut ! dit Estelle, la jumelle d'Érica, en regardant vers la porte.

Lorsqu'ils aperçurent Louis, les élèves se dispersèrent et regagnèrent leur place. Louis fit un effort pour traverser la classe et s'installer à son pupitre au fond de la salle. Cela lui parut une éternité avant qu'il ne l'atteigne. Il se glissa sur son siège et garda la tête baissée.

Anguille était assis à côté de lui. Louis leva les yeux et vit qu'Anguille le dévisageait d'un air consterné. Leurs regards se croisèrent durant un moment, puis Anguille détourna les yeux.

— Anguille ? dit Louis.

Mais Anguille fut sauvé par la cloche. Leur professeur de mathématiques et professeur principal, monsieur Garcia, entra dans la classe et adressa un sourire chaleureux à Louis.

— Louis, c'est bon de te revoir, dit-il avant de commencer son cours.

Louis ouvrit son manuel de mathématiques comme les autres élèves et fixa la page. Il ne reconnut rien de ce qu'il vit. Il se sentit faiblir à la seule pensée d'avoir à rattraper son retard.

Il regarda Anguille encore une fois. Celui-ci ne leva pas les yeux. Louis continua à le dévisager, son expression devenant dure et froide. Il voulait qu'Anguille le regarde. Mais Anguille fit mine d'être absorbé dans les problèmes et refusa de lever les yeux, même si Louis était certain qu'il pouvait sentir son regard le transpercer.

«Ils me traitent comme un lépreux», pensa Louis quand il cessa enfin de fixer Anguille et qu'il promena son regard autour de lui. Estelle. Érica. Lucie. Les filles avec lesquelles il avait l'habitude de s'amuser, de danser lors des soirées de danse à l'école, les seules filles avec lesquelles il se sentait assez à l'aise pour parler… l'ignoraient.

Ses amis ne savaient pas quoi dire, alors ils se taisaient. Peut-être avaient-ils peur de dire ce qu'il ne fallait pas. Ou peut-être avaient-ils peur, tout simplement.

«Comment pensent-ils que *je* me sens?» se demanda Louis.

Il sentit la douleur dans sa gorge s'accentuer et le picotement sur sa peau s'intensifier. Il grinça des dents et regarda droit devant lui, s'efforçant de refouler la vague de tristesse aussi loin qu'il le pouvait.

— Prenons la question numéro deux, puisque qu'elle est difficile, disait monsieur Garcia.

Louis concentra toute son attention sur le professeur. Il regarda dans son manuel et tenta de suivre ce que monsieur Garcia disait. Mais c'était comme une langue étrangère que tous les élèves semblaient comprendre, sauf lui.

Voilà. C'était fait. Il était de retour à l'école.

Ça ne se passait pas du tout comme il l'avait imaginé.

La journée allait être longue.

CHAPITRE 3

Il aurait pu empêcher cela.

Les deux premières semaines ayant suivi l'accident, Louis avait passé beaucoup de temps à essayer de trouver une explication. Cependant, plus il s'interrogeait, plus il se sentait coupable; il devenait alors si faible qu'il devait s'étendre et s'abandonner à l'angoisse et à la honte qui le submergeaient. Parfois, il devait se lever et se précipiter à la salle de bains, où il vomissait violemment.

Il ne s'était jamais senti si misérable de sa vie. Jamais il n'aurait imaginé que la tristesse pût vraiment rendre quelqu'un physiquement malade. La détresse s'était infiltrée dans son sang, ses os, son coeur et ses poumons. Il avait cru qu'un étrange virus l'avait frappé.

Tout avait débuté à l'été. C'est à ce moment que ses relations avec ses parents avaient commencé à s'envenimer. Jusqu'alors, ils s'étaient rarement querellés. En revenant sur le passé, Louis se sentait odieux de s'être disputé avec eux à propos de choses qui semblaient maintenant si insignifiantes.

Il avait eu quatorze ans en février. À l'automne, il

allait commencer son secondaire III. Louis avait alors eu le sentiment que le temps était venu de lui confier plus de responsabilités, d'augmenter son allocation et de prolonger ses heures de sortie.

Ses parents s'étaient fait un plaisir de lui confier d'autres responsabilités. Ils avaient ajouté à la liste de tâches que Louis trouvait déjà longue deux autres corvées : il devrait laver la vaisselle tous les soirs et passer l'aspirateur une fois par semaine. Ils avaient également augmenté légèrement son allocation. Toutefois, ils avaient tenu bon concernant l'heure du couvre-feu ; même si c'était l'été, Louis devrait être de retour à la maison à vingt-deux heures tous les soirs de la semaine. Vingt-deux heures ! Joey et Anguille pouvaient rentrer à vingt-trois heures.

Les garçons avaient formé leur groupe, les Zits enragés, en mars. C'est Joey qui avait choisi leur nom. Louis aurait préféré quelque chose de plus sérieux, mais ce soir-là, ils avaient déjà passé beaucoup de temps à discuter à propos d'un nom et n'avaient pas encore joué.

Au départ, cela avait commencé un peu comme une blague. Louis avait sa basse et Anguille, une vieille guitare appartenant à son frère. Joey, qui, selon Louis et Anguille, était un enfant gâté, avait supplié ses parents de lui acheter un clavier pour son anniversaire, ce qu'ils avaient fait. Et il ne s'agissait pas d'un instrument d'occasion, mais d'un clavier tout neuf.

Plus ils jouaient, plus ils s'amusaient. Ils avaient alors considéré plus sérieusement l'idée de former un groupe. Au cours de l'été, ils s'étaient même inscrits à un concours local, «La bataille des étoiles montantes », ce qui avait représenté de nombreuses heures de répétition. Cependant, à cause du couvre-feu imposé à Louis, les répétitions avaient à peine commencé que Louis devait déjà rentrer.

Au début, ses parents n'avaient pas eu d'objection à ce qu'il fasse partie d'un groupe. Ils avaient été ravis que Louis puisse utiliser sa basse plus souvent. Toutefois, plus il passait de temps à répéter, plus il négligeait ses études et ses tâches ménagères. Ils l'avaient déjà averti que, lorsque l'école recommencerait, il ne pourrait répéter qu'une fois par semaine, ce que Louis avait trouvé tout à fait injuste. Ils savaient à quel point le groupe était important à ses yeux.

Ses parents avaient tenté de discuter avec lui, mais ces conversations tournaient généralement à la dispute, Louis se précipitant dans sa chambre et claquant la porte.

Puis, le soir avant le début des cours, il était resté chez Joey plus tard pour répéter. Ils avaient pris une importante décision ce soir-là : ils allaient enregistrer leur chanson originale dans deux jours.

Louis était arrivé chez lui survolté. Mais en voyant la mine de ses parents, il avait tout de suite compris que ce n'était pas le moment de leur apprendre la bonne nouvelle.

Il se rappelait avoir jeté un coup d'oeil à l'horloge. Vingt-trois heures quinze. Une heure et quinze minutes de retard. Son père et sa mère étaient assis dans le salon ; des journaux étaient posés devant eux, repliés.

— Louis, as-tu la moindre idée de l'heure qu'il est ?

avait demandé sa mère en tentant de maîtriser la colère dans sa voix.

— L'école commence demain, avait ajouté son père. Tu as besoin d'une bonne nuit de sommeil. Où étais-tu ?

— Chez Joey, comme je vous l'avais dit.

— Tu es en retard d'une heure et demie, avait dit son père d'un ton sévère, et tu n'as pas téléphoné. Tu es privé de sorties, Louis. Pour deux semaines. Nous voulons que tu rentres à la maison immédiatement après l'école.

— Mais nous allons enregistrer notre chanson mercredi !

— J'ai bien peur que tu doives dire à tes amis que tu ne pourras pas être là, avait dit son père. Nous verrons dans deux semaines. Les parents de Joey n'attachent donc pas d'importance aux études ?

— Ce ne sont pas des tyrans, avait rétorqué Louis en tournant les talons et en quittant la pièce. Les parents ! Vous êtes si injustes, s'était-il écrié avant de claquer la porte de sa chambre.

Le lendemain, à l'école, il avait appris la nouvelle à Joey et à Anguille.

— J'en ai tellement assez de me faire mener par le bout du nez. Je ne suis plus un petit garçon.

— Les parents ! avait soupiré Anguille. On ne peut vivre avec eux, mais on ne peut vivre sans eux.

Ce que Louis avait rétorqué alors revenait sans cesse le hanter. Cela le hantait maintenant et pour toujours. Il ne pouvait s'empêcher de croire que quelqu'un l'avait entendu ce jour-là et avait décidé de lui donner une leçon.

Louis avait regardé ses amis.

— Moi, je pourrais sûrement vivre sans les miens.

La cloche sonna. Louis fut ramené brutalement dans le présent et essuya une petite goutte sur sa joue. Furieux contre lui-même, il se jura de faire plus d'efforts pour chasser les pensées sombres de son esprit.

Il était quinze heures dix. Enfin. La journée était finie.

— Pour le cours de demain, je veux que vous rédigiez une courte composition portant sur la guerre des Boers, dit le professeur d'histoire.

Louis nota le devoir, mais se demanda comment il parviendrait à le faire. Il ne savait rien à propos de la guerre des Boers. Il lui faudrait repartir de zéro et tout lire dans son manuel d'histoire. Quelques semaines auparavant, il aurait simplement demandé à Anguille de lui prêter ses notes, mais il n'était pas certain de le faire maintenant. Anguille ne lui avait pas parlé de la journée. «Qu'il aille au diable», pensa Louis.

Il rassembla ses livres lentement, ne voulant adresser la parole à personne en sortant de la classe. Il n'avait pourtant pas à s'en faire, constata-t-il.

— Il y a le feu? eut envie de demander Louis en voyant les autres élèves sortir de la classe en coup de vent.

Mais il savait qu'il n'y avait pas de feu. C'était plutôt le spectre de la mort qui planait sur lui comme un nuage noir. Il se demanda s'il serait un jour capable de s'en débarrasser.

CHAPITRE 4

— As-tu envie de me donner un coup de main pour le souper? lui demanda sa grand-mère lorsqu'il rentra le vendredi.

«Zut! pensa Louis. Elle ne peut donc pas me laisser reprendre mon souffle?»

Même la voix de sa grand-mère lui tapait sur les nerfs depuis quelques jours. C'était si étrange de vivre avec ses grands-parents vingt-quatre heures sur vingt-quatre. Il dut faire un effort pour ne pas lui répondre brusquement.

Avant l'accident, il avait toujours hâte de rendre visite aux parents de sa mère. Mais il ne s'agissait alors que de courtes visites en compagnie de ses parents. Maintenant, ses grands-parents faisaient partie du mobilier.

— Nous mangeons ton plat préféré. Du spaghetti, ajouta-t-elle avec une note d'espoir dans la voix.

Sa grand-mère lui avait déjà préparé du spaghetti trois fois en deux semaines. Louis n'avait pas le courage de lui dire que le spaghetti *avait été* son plat favori — quand son père le préparait —, mais que ça ne l'était plus. La seule vue du spaghetti lui donnait la nausée.

— Si ça ne t'ennuie pas, je crois que je vais aller dans ma chambre, dit Louis en s'efforçant de paraître poli. J'ai beaucoup de devoirs.

— Bien sûr, si tu as des devoirs…

Louis savait qu'elle voulait qu'il reste avec elle pour bavarder, qu'elle souhaitait un rapprochement.

Mais il ne pouvait tout simplement pas. Il ne voyait pas l'utilité de se rapprocher de qui que ce soit, surtout de quelqu'un d'aussi âgé que sa grand-mère. Elle allait mourir un jour, de toute façon; alors à quoi bon?

Louis regarda les mains noueuses de sa grand-mère tandis qu'elle hachait des oignons pour la sauce. Il crut voir des larmes dans ses yeux, mais il se dit que cela devait être seulement à cause des oignons.

Il marcha dans le couloir qui menait au salon et à sa chambre. Comme d'habitude, son grand-père se trouvait dans le salon et regardait la télé. Il avait eu une attaque quelques années auparavant et éprouvait maintenant du mal à se déplacer. Il passait la majeure partie de son temps assis devant la télévision.

Son grand-père avait également de la difficulté à parler et, curieusement, Louis trouvait ses longs silences réconfortants. Le samedi après-midi, son grand-père et lui pouvaient rester assis durant des heures à regarder un match de football à la télé sans échanger plus que quelques mots. Cela plaisait à Louis. Il savait que son grand-père n'essaierait pas de le faire parler de ses parents ou ne commencerait pas à fouiller dans les tiroirs pour revenir avec un vieil album de photos.

— Bonjour grand-père, dit Louis en s'agenouillant à côté de son fauteuil roulant.

Son grand-père lui sourit.

— Bonjour Louis.

Le vieil homme regardait un jeu télévisé.

— Que je ne te surprenne pas à fixer l'hôtesse trop longtemps, plaisanta Louis.

Son grand-père rit.

— On se verra au souper, dit Louis en se dirigeant vers sa chambre.

Ses parents et lui avaient habité cet appartement d'aussi longtemps que Louis s'en souvenait. Il était situé au dernier étage d'une vieille maison dans l'Est de Toronto. Ses parents avaient acheté la maison lorsque Louis était âgé d'environ cinq ans. Ils occupaient l'étage supérieur et louaient le rez-de-chaussée.

Louis aimait bien l'aspect vieillot de la demeure, les planchers de bois et les vitraux au-dessus des fenêtres du salon. À la mort de ses parents, Louis avait craint d'être forcé de déménager. Il ne pouvait imaginer se sentir chez lui ailleurs que dans ce voisinage, cette rue, cette maison.

Il entra dans sa chambre et ferma la porte derrière lui.

Tout était propre. Étincelant.

Sa grand-mère avait encore nettoyé sa chambre. Même la pile de revues près de son lit avait été rangée sur son étagère. Sa basse, qui traînait depuis déjà quelques jours, se trouvait de nouveau dans son étui, appuyée contre un mur.

Sa grand-mère ne devait pas avoir beaucoup à faire durant la journée, car elle rangeait constamment sa chambre. Cela le rendait fou. Elle n'avait pas le droit d'entrer dans sa chambre et de toucher à tout sans lui en demander la permission. Ses parents n'auraient jamais fait une chose pareille.

En promenant son regard dans la pièce, il dut admettre que sa chambre semblait plus grande lorsqu'elle était en ordre. Son petit lit jumeau se trouvait au centre de la pièce, contre le mur le plus près de la porte. Son couvre-lit bleu marine à motifs d'automobiles rouges, blanches et jaunes, acheté à rabais par catalogue, devait avoir au moins dix ans. Louis et sa mère avaient parlé d'en acheter un neuf, mais il était maintenant trop tard. Il allait sûrement dormir avec les voitures encore longtemps.

À côté du lit se trouvaient sa table de chevet et un petit bureau. De l'autre côté de la pièce se dressaient une commode et deux étagères.

Il avait recouvert la majeure partie des murs d'affiches de groupes rock. Au-dessus de son lit se trouvait sa préférée — une affiche géante des Rolling Stones lors de leur tournée «Steel Wheels».

Louis s'assit à son bureau et sortit ses livres de son sac à dos. Il ouvrit son manuel de mathématiques et tenta, pour la troisième fois en une semaine, de comprendre de quoi il était question.

Mais il n'y parvint pas. Il n'avait jamais été doué pour les mathématiques et n'avait pas l'intention d'appeler d'autres élèves. Il se surprit à souhaiter que Joey soit également en secondaire III. Joey, toutefois, ne lui aurait certainement pas été d'un grand secours.

— Louis, qu'importe les maths! Tu n'en as pas besoin pour être une vedette rock.

Il referma le livre. Il pourrait demander à monsieur Garcia de l'aider. Il savait que cela ne l'ennuierait pas.

Il était sévère, mais les élèves l'aimaient bien. Louis prit note mentalement d'aller lui demander des explications le lundi suivant. Puis, il se leva et saisit sa basse.

Il s'assit en tailleur sur son lit et joua quelques notes. Habituellement, le seul fait de tenir sa basse le réconfortait. Depuis quelque temps, toutefois, il éprouvait un sentiment étrange et harcelant dès qu'il tentait de jouer. Il essayait de l'ignorer, mais le malaise persistait.

Louis joua quelques chansons avant de remettre sa basse dans son étui. Il bâilla. Depuis la mort de ses parents, il avait pris l'habitude de dormir à la fin de l'après-midi. Les cauchemars semblaient lui donner un peu de répit quand il faisait encore jour.

Il s'étendit et chercha la toile d'araignée, mais elle n'était plus là. Sa grand-mère avait dû nettoyer le plafond aussi.

CHAPITRE 5

Il se réveilla en sursaut au milieu de la nuit. Quelqu'un venait tout juste d'ouvrir la porte d'entrée de l'appartement. Sa grand-mère faisait peut-être encore les cent pas.

Cependant, Louis entendait les pas de deux personnes. Et des voix.

— Crois-tu que Louis dort? demanda une voix féminine.

— Sûrement. Il est passé minuit, répondit l'homme.

C'était ses parents.

— Je ne savais pas qu'il était si tard. J'espère qu'il ne s'inquiète pas.

Louis bondit hors du lit. Il courut vers la porte et l'ouvrit toute grande. Ils se tenaient dans le vestibule et enlevaient leurs manteaux. Ils ne le virent pas tout de suite.

— Le film était mauvais, continua sa mère. Ça ne tenait pas debout.

— Tu ne vois donc pas que c'était voulu ainsi?

— Quand on va au cinéma, ce n'est pas pour s'embrouiller les idées.

— Je n'ai pas trouvé ce film déroutant; je pense plutôt qu'il donne matière à réflexion.

Louis sourit.

— Maman? Papa? cria-t-il.

Ils se retournèrent et sourirent.

— Je suis si content que vous soyez rentrés !

— Louis, qu'est-ce que tu fais debout à cette heure ? dit sa mère.

— J'ai cru que vous étiez morts, expliqua Louis en pleurant et en tremblant de soulagement.

C'était une erreur stupide ! Ses parents n'étaient pas morts, ils se tenaient là, devant lui. Il se mit à rire.

— J'ai cru que vous étiez morts, répéta-t-il.

Sa mère le regarda.

— Nous sommes morts, dit-elle d'une voix douce.

— Nous sommes morts, répéta son père.

Ils avancèrent vers lui et Louis aperçut le sang sur leurs mains, leurs visages et leurs vêtements. Soudain, il entendit le klaxon d'une voiture, le grincement des freins et un terrible craquement...

Il se redressa dans son lit, suffocant. Son pyjama était mouillé de sueur. La pendule numérique indiquait trois heures du matin.

Louis alluma sa lampe de chevet et fixa la plafond, se préparant à une autre longue nuit.

CHAPITRE 6

— Bien sûr que je veux le faire, dit Louis d'un ton impatient.

Joey, Anguille et Louis étaient assis à la cafétéria quelques semaines plus tard. Louis mordit dans son sandwich au thon pour s'empêcher de jurer. Est-ce que Joey croyait qu'il arrêterait de vivre seulement parce que ses parents étaient morts ?

— Je n'étais pas certain que tu te sentirais prêt, tenta d'expliquer Joey.

— Je suis toujours prêt à jouer de la musique, grommela Louis.

Les trois amis demeurèrent silencieux durant un moment. Louis fixa l'annonce qu'il tenait dans sa main. On pouvait y lire «La Bataille des étoiles montantes». Il s'agissait d'un autre concours organisé par le centre communautaire local ayant pour but d'amasser des fonds pour l'achat d'équipement de sport, de projecteurs pour la scène et de matériel pour les cours de travaux manuels. La Bataille aurait lieu le 15 novembre, dans un mois. Tous les groupes amateurs du quartier étaient invités à participer.

— Je parie que nous pourrions gagner cette fois, dit

Joey en rompant le silence.

L'été précédent, ils avaient terminé au deuxième rang derrière un groupe de filles.

— Je trouve que c'est excitant, ajouta Anguille un peu trop fort. Je veux dire... jouer tous ensemble de nouveau. Et nous avons autant de chances de gagner que quiconque.

Louis regarda Anguille. Il ne pouvait toujours pas s'empêcher de croire qu'Anguille le traitait d'une façon un peu bizarre. Il paraissait toujours un peu nerveux, comme s'il avait peur de dire ce qu'il ne fallait pas.

Anguille l'avait évité durant une semaine avant de lui adresser enfin la parole. Louis se trouvait à son casier lorsqu'il avait remarqué qu'Anguille se tenait près de lui.

— Louis, avait-il commencé, j'ai agi comme un vrai salaud. Mais ce qui est arrivé... Ça me dépasse.

«Comment crois-tu que je me sens? Tu penses que je ne suis pas dépassé aussi?» s'était dit Louis intérieurement.

— C'est une excuse vraiment stupide, je le sais. Mais je suis réellement, réellement désolé.

La conversation s'était terminée là. Anguille n'avait pas parlé de la mort des parents de Louis et ne l'avait pas fait depuis. Mais, au moins, il avait dit qu'il était désolé.

— Alors, quand commençons-nous à répéter? demanda Louis en s'efforçant de revenir dans le présent.

— Si tu es certain d'en avoir envie... commença Joey.

— J'en suis certain! As-tu fini de me demander ça?

Joey le dévisagea. Normalement, il lui aurait servi une réplique mordante. Pas cette fois, cependant. Même Joey avait peur de dire ce qu'il ne fallait pas.

— Ce soir, dit Joey simplement. Ou demain soir. Chez moi.

Louis sentit son estomac se contracter. «Quel est le problème?» se demanda-t-il, furieux. Il était allé chez Joey des milliers de fois.

Toutefois, il n'y était pas retourné depuis l'accident.

— Répétons plutôt au gymnase, suggéra-t-il. On nous laisse toujours la salle quand nous en avons besoin.

— Je suis d'accord, dit Anguille en haussant les épaules.

De nouveau, ils demeurèrent silencieux. Pourquoi était-ce si difficile de bavarder avec ses deux meilleurs amis depuis quelque temps? Surtout avec Joey. Celui-ci semblait lui porter sur les nerfs chaque jour davantage.

Louis se dit que ce n'était que temporaire. Cela passerait.

— Louis, est-ce que je peux te parler un moment? demanda monsieur Garcia lorsque la cloche retentit.

Louis roula les yeux. Il avait l'impression de savoir de quoi il serait question. Il y avait eu un examen quelques jours auparavant et Louis avait échoué. Lamentablement.

Quand les autres élèves furent partis, monsieur Garcia s'assit sur le bureau.

— Tu n'as pas très bien réussi le dernier examen, commença-t-il.

C'était peu dire, pensa Louis. Il avait obtenu trente-deux pour cent.

— Ouais, marmonna Louis sans regarder le professeur, c'est plutôt difficile de me rattraper.

— Je comprends cela. C'est pourquoi j'aimerais te donner des leçons particulières après les cours durant quelque temps. Jusqu'à ce que tu aies rattrapé les autres.

Louis soupira. Il avait eu l'intention d'aller voir monsieur Garcia pour lui demander de l'aide; cependant, à la fin de chaque journée d'école, tout ce qu'il avait envie de faire, c'était de sortir de là. Il ne pouvait supporter l'idée de passer une seconde de plus dans l'école. Il eut presque envie de rire en se souvenant qu'il avait eu vraiment hâte de revenir.

Au moins, certains élèves commençaient à le traiter comme un être humain. Ils le saluaient dans les corridors et un jour, la semaine précédente, Estelle, Érica et Lucie s'étaient assises avec lui à la cafétéria et Lucie avait raconté des blagues durant une heure entière. Toutefois, elles n'avaient pas dit un mot à propos de ses parents. Il en conclut qu'elles avaient décidé de ne plus l'ignorer; elles se contenteraient d'ignorer ce qui s'était passé.

— J'aimerais aussi te donner la chance de reprendre cet examen, disait monsieur Garcia. Disons, la semaine prochaine. Ainsi, tu pourras bénéficier de quelques cours particuliers d'abord.

Louis ne savait pas quoi dire. L'idée de devoir passer encore plus de temps à étudier les maths était loin de le faire sauter de joie.

Son père et sa mère avaient toujours insisté pour qu'il

étudie et qu'il fasse de son mieux. Cependant, ils ne s'étaient jamais montrés trop exigeants avec lui. L'année précédente, lorsqu'il leur avait présenté son bulletin où figuraient des B, ils ne lui avaient pas demandé d'essayer d'obtenir des A. Ils l'avaient plutôt emmené au restaurant et au cinéma, sachant à quel point il avait travaillé fort. Grâce à eux, il s'était senti fier.

Mais il n'y avait plus personne à impressionner. Il se moquait de ce que ses grands-parents pensaient de ses notes. En fait, il n'aimait plus du tout l'école. Pas seulement les cours et les devoirs, mais toute l'atmosphère qui y régnait.

— Bien sûr, c'est toi qui décides, continua monsieur Garcia. Mais je recommande fortement que tu acceptes mon offre. Nous pouvons commencer dès maintenant si tu veux.

— Je ne peux pas aujourd'hui, répondit Louis rapidement. Nous répétons. Je fais partie d'un groupe rock.

— Demain soir, alors ?

— Pourriez-vous me laisser du temps pour réfléchir ? demanda Louis en s'agitant sur sa chaise. Sans vouloir vous vexer, peut-être qu'Anguille pourrait me donner des cours. Il est fort en maths.

Monsieur Garcia l'observa en fronçant les sourcils.

— Bien sûr, Louis. C'est toi qui sais ce qui te convient le mieux. Mais si tu décides que tu as besoin d'aide ou si Anguille ne se montre pas à la hauteur de la situation, tu peux toujours venir me voir. Je veux m'assurer que tu réussiras ton année.

— Merci, dit Louis en rassemblant ses livres. Je peux partir ?

— Bien sûr.

Monsieur Garcia regarda Louis tandis qu'il enfouissait ses affaires dans son sac à dos et qu'il se précipitait vers la porte.

— Louis? cria-t-il avant que Louis ne quitte la classe.

— Oui?

— Si jamais tu as besoin de parler...

— C'est que je n'ai pas très envie de parler ces jours-ci.

Louis sortit rapidement et marcha dans le corridor sans se retourner.

CHAPITRE 7

« Tout le monde cherche quelque chose, ils ne lâcheront jamais

Tout le monde cherche quelque chose, ils te prendront ton argent

Mais ne lâcheront jamais. »

Sur son clavier, Joey essaya de terminer par une roulade, mais Louis la trouva ratée.

C'était leur troisième répétition en deux semaines. Le concours aurait lieu dans deux semaines à peine.

— Je crois que l'on fait beaucoup de progrès, dit Joey.

— Soyons honnêtes, Joey, dit Louis en roulant les yeux. Nous sommes pourris.

Louis remarqua l'expression blessée de Joey. Il ne savait pas ce qui se passait depuis quelque temps. Dès que Joey disait un mot, il fallait qu'il lui cloue le bec.

Mais c'était la vérité, pensa-t-il. Ils étaient pourris.

Et cette foutue chanson que Joey avait écrite « Tout le monde veut quelque chose. » Joey était convaincu que c'était le plus gros succès depuis « I Can't Get No Satisfaction ». Mais ça ne l'était pas. C'était une chanson stupide.

C'était la chanson qu'ils répétaient le soir où ses parents...

Louis chassa cette pensée de son esprit et s'empara de sa basse. Joey et Anguille continuaient à jouer les accords de «Tout le monde veut quelque chose». Louis se mit à jouer autre chose.

La pièce devint silencieuse. Cependant, il continua à jouer, ignorant les regards de Joey et d'Anguille posés sur lui et s'évadant dans la musique.

Lorsqu'il eut terminé, ses amis l'observaient, mal à l'aise.

— Qu'est-ce que c'était? demanda enfin Anguille.

— Quelque chose que j'ai composé la semaine dernière.

— C'est toi qui as composé ça? demanda Anguille, impressionné.

— Ouais.

— C'était assez déprimant, ajouta Joey.

— Ce n'est pas déprimant, rétorqua Louis. C'est... mélancolique.

— Non, c'est déprimant, répéta Joey. Pouvons-nous jouer «Tout le monde veut quelque chose» encore une fois?

Louis sentit son visage s'enflammer.

— Et même si c'était déprimant? Au moins, c'est bon.

— Qu'est-ce que tu veux dire?

— Ce que je veux dire, commença Louis en prononçant chaque mot lentement et clairement, c'est pourquoi devons-nous continuer à jouer cette chanson stupide? Pourquoi ne peut-on pas jouer autre chose pour une fois?

Joey le dévisagea.

— Ce n'est pas, dit-il lentement, une chanson stupide. C'est moi qui l'ai écrite.

— Je n'ai rien à ajouter, lâcha Louis.

— Allez, les gars, dit Anguille d'un ton nerveux. Restons calmes.

— Je ne me calmerai pas. Tu me dois des excuses, Louis. Ma chanson n'est pas stupide.

— Elle est plus que stupide. Elle est débile, cria Louis. Seulement parce que tu l'as écrite, tu crois qu'elle est géniale.

— Alors, tu veux que l'on commence à répéter ce truc déprimant que tu jouais tout à l'heure ?

Joey leva les bras au ciel pour feindre l'angoisse.

— Eh bien ! pourquoi pas ?

— Premièrement, il n'y a pas de paroles.

— Tu es tellement idiot, Jeremiah. Bon nombre de chansons n'ont pas de paroles. Et si tu en veux tellement, je t'en écrirai. Elles seront diablement meilleures que les tiennes.

— Tu ne peux pas me traiter d'idiot et t'en tirer comme ça, Wheeler.

Joey ne l'appelait par son nom de famille que lorsqu'il était furieux.

Louis se sentait curieusement satisfait de savoir qu'il avait mis Joey en colère.

— Retire ce que tu as dit, disait Joey, crispé.

— Non. J'en ai assez que tu nous mènes par le bout du nez et que nous fassions toujours ce que tu veux.

— Je ne vous mène pas par le bout du nez ! protesta Joey.

— Oui tu le fais ! Tu nous obliges à faire des choses

que nous ne voulons pas faire et ensuite, c'est nous qui en subissons les conséquences.

Joey semblait perplexe. Il se tourna vers Anguille.

— C'est vrai, Anguille ? Est-ce que j'agis comme ça ?

Anguille haussa les épaules d'un air impuissant.

— Vieux, je ne sais pas de quoi tu veux parler, continua Joey.

— Je crois que tu le sais, dit brusquement Louis.

Il saisit son étui et rangea sa basse.

— Oh ! allez ! Qu'est-ce que tu fais ? demanda Joey.

— Je pars. Je ne veux plus faire partie de ce groupe stupide et moche.

— Voyons, Louis. Nous avons besoin d'un joueur de basse et tu le sais.

— Alors commence à en chercher un autre. J'en ai assez de ces conneries.

En disant ces mots, Louis s'empara de sa basse et sortit du gymnase comme un ouragan.

Mais Joey n'était pas du genre à abandonner facilement. Louis n'avait même pas encore ouvert la porte de son casier lorsque Joey le rejoignit.

— Écoute... je ne sais pas ce que j'ai fait, commença Joey, mais nous pouvons peut-être en arriver à une sorte de compromis.

— J'en doute, répondit Louis froidement.

— Je t'en prie, Louis.

Joey posa sa main sur l'épaule de Louis.

Celui-ci la repoussa.

— Ne me touche pas, Joey.

De nouveau, Joey parut blessé.

— Mais qu'est-ce que j'ai fait ? J'essaie seulement d'aider.

— Aider ! Ouais…

— C'est vrai !

Ces derniers mots prononcés d'un ton plaintif firent éclater Louis. Il pivota et poussa Joey aussi fort qu'il le put. Joey heurta violemment les casiers.

— Ferme-la, Jeremiah ! cria Louis.

— Louis… commença Joey en se relevant.

Mais il ne fut pas debout longtemps. Louis le frappa de toutes ses forces et il tomba encore une fois.

— Tu m'as obligé à aller chez toi, s'entendit hurler Louis. Ça ne serait pas arrivé si j'étais allé au cinéma.

— Tu n'aurais pas pu empêcher ce qui s'est passé, s'écria Joey.

Il sut immédiatement de quoi Louis voulait parler.

Mais Louis était fou de rage. Il s'élança vers Joey et continua à le frapper de plus belle.

Joey n'essaya même pas de se défendre. Il s'accroupit et se protégea la tête avec ses bras.

Louis aurait tellement voulu qu'il riposte. Si Joey tentait de lui donner un coup de poing, cela lui donnerait une raison pour le frapper encore plus fort.

Mais Joey ne riposta pas. Épuisé, Louis arrêta enfin de frapper. Il se leva, fixant le corps recroquevillé de Joey.

— C'est entièrement ta faute, lui dit-il. Si je n'étais pas allé chez toi, j'aurais été avec eux.

— Mais tu serais mort aussi, Louis, fit remarquer Joey d'un ton implorant.

— Je voudrais être mort !

— Non, c'est faux ! Ne dis pas ça.

— C'est vrai. Je voudrais être mort.

Louis saisit sa basse. Il se précipita hors de l'école

et courut jusque chez lui, le souvenir de cette soirée le submergeant comme un raz-de-marée.

Louis aurait dû aller au cinéma avec ses parents. Mais comme d'habitude, Joey Jeremiah en avait fait à sa tête.

— Je veux seulement terminer notre enregistrement, avait gémi Joey le mercredi.

C'était le jour où ils avaient décidé d'enregistrer leur chanson. Toutefois, Louis était encore privé de sorties.

— Ça ne prendra qu'une heure.

Joey avait commencé à harceler Louis dès leur arrivée à l'école.

— Tu ne peux donc pas leur expliquer?

— Ils ne changent jamais d'avis, avait répondu Louis en espérant que Joey laisserait tomber.

— Alors, discute avec eux.

— J'en ai assez qu'on me crie après.

Louis avait toujours détesté discuter avec ses parents car, contrairement à bon nombre de ses amis, il s'entendait très bien avec eux.

— Tu ne peux pas sortir en cachette?

— Joey...

— Tu ne peux les laisser te mener par le bout du nez toute ta vie, avait insisté Joey. Une heure, Louis. Ça ne prendra qu'une heure.

Joey était comme ça. Il insistait encore et encore jusqu'à ce qu'une personne cède enfin ou le frappe. Généralement, Louis cédait.

— Une heure? C'est promis? s'était-il entendu

dire, déjà furieux contre lui-même en prononçant ces paroles.

— Promis.

Il n'avait eu aucun mal à sortir en cachette. Ses parents avaient décidé d'aller au cinéma ce soir-là et ils souhaitaient vraiment que Louis les accompagne.

— Allez, Louis, avait dit sa mère qui se tenait debout derrière le comptoir de la cuisine et préparait une salade pour le souper.

Son père était debout devant la cuisinière et faisait cuire du bœuf haché. Louis se rappelait avoir pensé que son père avait l'air ridicule avec son tablier à motifs de fleurs bleues et roses. Habituellement, il n'aurait rien remarqué. Son père portait toujours un tablier quand il cuisinait. Mais Louis en voulait toujours à ses parents et cela l'avait soulagé d'avoir des pensées empreintes de méchanceté.

— Nous sommes même prêts à aller voir *Les tortues Ninja* si tu viens avec nous, avait ajouté son père.

Louis savait qu'ils se sentaient coupables de l'avoir privé de sorties, mais il ne voulait pas leur faciliter les choses.

— Non, avait-il répondu. Je ne veux pas y aller. De plus, c'est un soir de semaine. Je rentrerai plus tard que vingt-deux heures si je vous accompagne.

Sa mère avait soupiré.

— Tu es encore furieux contre nous. Je suis désolée, mais je crois toujours que nous avons pris la bonne décision.

Elle avait tendu à Louis une poignée d'ustensiles qu'il avait commencé à placer sur la table.

— Allez-y et amusez-vous, se souvenait-il d'avoir

dit d'un ton plus doux. Vous sortez rarement seuls tous les deux. Allez voir un film à l'eau de rose.

Ils étaient partis à dix-neuf heures et Louis les avait imités cinq minutes plus tard, sa basse sous le bras. L'enregistrement avait duré beaucoup plus longtemps qu'une heure. Comme toujours, pourtant, Joey avait convaincu Louis et Anguille de rester. Il était presque vingt-trois heures quand ils avaient terminé.

Anguille était rentré avec Louis. Celui-ci se rappelait à quel point ils avaient été secoués en voyant la voiture de police garée devant chez Louis. Ils avaient cru que ses parents avaient appelé la police seulement parce qu'il était en retard.

Anguille s'était enfui, ne voulant pas être mêlé à une querelle familiale. Louis avait décidé d'ignorer les policiers et avait commencé à monter l'escalier lorsqu'une voix familière l'avait appelé.

— Louis?

Il s'était retourné et avait vu sa grand-mère descendre de la banquette arrière de la voiture de police.

C'est à ce moment qu'il s'était rendu compte que la voiture de ses parents n'était pas dans l'allée.

— Qu'est-ce que tu fais ici? avait-il demandé à sa grand-mère. Qu'est-ce qui ne va pas?

Il avait cru savoir. Grand-père. Quelque chose était arrivé au père de sa mère et ses parents étaient déjà à son chevet à l'hôpital.

— Il y a eu un accident, avait-il entendu sa grand-mère dire.

— Un accident?

— Ta mère et ton père...

Louis avait finalement remarqué le regard désespéré de sa grand-mère. Pour la première fois, il avait eu peur.

— Papa et maman ? Ils vont bien ?

Sa grand-mère ne l'avait pas rassuré comme les grands-mères le font généralement. Elle s'était contentée de secouer la tête.

— Il y avait un conducteur ivre. Il roulait trop vite.

Elle prononçait de courtes phrases saccadées.

— Qu'est-ce que tu racontes ? avait-il demandé d'un ton aigu.

Des larmes avaient commencé à ruisseler sur le visage de sa grand-mère et elle l'avait agrippé par les épaules avec une force qui avait étonné Louis.

— Oh ! Louis ! Je suis si désolée. Ta mère et ton père sont morts.

Ils étaient allés voir une comédie romantique à l'affiche dans un cinéma du centre-ville.

À en juger par l'heure où s'était terminé le film, Louis savait que ses parents ne s'étaient arrêtés nulle part pour prendre un café ou un dessert. Ils avaient probablement décidé de rentrer directement à la maison, de vérifier s'il était là et de le convaincre de retrouver sa bonne humeur. Ses parents n'aimaient pas non plus les disputes avec leur fils.

En temps normal, ils auraient emprunté les rues de la ville, car il était suffisamment tard pour qu'il n'y ait pas trop de circulation. Ce soir-là, pourtant, ils avaient opté pour l'autoroute Gardiner. Ils avaient dû vouloir rentrer le plus tôt possible. Ils avaient peut-être même parlé de lui durant la soirée et décidé qu'ils avaient été trop sévères. Peut-être avaient-ils eu l'intention de lui dire qu'il pouvait aller enregistrer sa chanson quand il le voudrait.

Ils écoutaient probablement la radio, la musique classique résonnait dans la voiture.

Ils n'avaient probablement vu l'autre voiture qu'à la dernière minute. L'homme qui conduisait était ivre. Vraiment ivre. Soudain, son père avait regardé dans le rétroviseur et aperçu ce véhicule qui roulait à plus de cent-vingt kilomètres à l'heure, se dirigeant droit vers leur petite Honda…

Frappés à l'arrière, ils étaient allés s'écraser contre le garde-fou et étaient morts sur le coup. L'autre conducteur avait été rapidement conduit à l'hôpital, mais il était décédé quelques jours plus tard.

Louis ne s'était pas senti mieux en apprenant la mort du conducteur ivre. Il aurait voulu que l'homme survive pour voir tout le mal qu'il avait causé. C'était trop facile de mourir.

Il aurait souhaité que l'homme souffre autant que lui. Il aurait voulu qu'il se sente coupable et honteux. Il aurait préféré que l'homme survive pour pouvoir partager le blâme avec quelqu'un.

Il était furieux contre lui-même de s'être disputé avec ses parents et d'avoir obéi à Joey Jeremiah, une fois de plus.

Il était également en colère contre Joey. Si Joey n'avait pas insisté, Louis serait sorti avec ses parents ce soir-là. Il aurait certainement pu les convaincre de s'arrêter pour aller manger de la crème glacée sur le chemin du retour. Ou encore, il aurait demandé à passer par les rues de la ville.

Si Joey n'avait pas insisté, ses parents seraient toujours en vie.

Et même si Louis n'avait pu empêcher l'accident — même s'ils avaient emprunté la même route au même moment et avaient rencontré le même conducteur ivre —, au moins, Louis aurait été avec eux. Au moins, il serait mort aussi.

En arrivant chez lui, il se dirigea droit vers sa chambre et se jeta sur son lit. Et pour la première fois depuis la mort de ses parents, il pleura.

Dans le salon, le téléphone se mit à sonner. Sa grand-mère répondit et il l'entendit marcher vers sa chambre.

— Louis? C'est Joey au téléphone.

— Dis-lui que je ne suis pas là.

— Est-ce que ça va?

— Ça va. Laisse-moi seul.

Sa grand-mère demeura silencieuse durant quelques secondes et soupira. Il l'entendit s'éloigner.

— Allô, Joey? J'ai bien peur que Louis n'ait pas envie de parler au téléphone. Je suis navrée. Au revoir.

Il essuya les larmes sur son visage et s'assit.

Sa basse se trouvait sur le sol à côté de lui. Louis la saisit et la glissa sous son lit, dans le coin le plus éloigné et le plus sombre.

Il ne voulait plus jamais jouer de la basse aussi longtemps qu'il vivrait.

CHAPITRE 8

Louis était couché sur son lit, quelques semaines plus tard, regardant par la fenêtre le temps gris et pluvieux.

La Bataille des étoiles montantes avait eu lieu quelques jours auparavant sans les Zits enragés. Louis avait tenu promesse et n'avait pas retouché à sa basse.

Que Joey était stupide! Il essayait constamment de parler à Louis à l'école et lui téléphonait sans cesse. Mais Louis ne répondait pas au téléphone et fuyait Joey à l'école, maintenant heureux de ne plus avoir de cours avec lui. À l'heure du lunch, il faisait de longues promenades pour éviter d'avoir à faire face aux autres élèves à la cafétéria.

La vie continuait pour eux. Ses parents étaient morts il y avait presque un mois et demi et pour tous les élèves, c'était une vieille histoire. Ils ne parlaient plus de lui en cachette. Le silence n'envahissait plus la classe lorsqu'il entrait. Plus personne ne le regardait avec cette expression qui disait: «Mon Dieu! Pourvu que *mes* parents ne meurent pas!»

Ils pensaient plutôt aux examens, à la soirée de danse, à ce qu'ils offriraient à leurs amis à Noël, même si ce n'était que dans un mois.

Pour Louis, cependant, c'était comme si le temps s'était arrêté. Il avait l'impression que c'était toujours le 7 septembre.

Lorsque les élèves parlaient de la soirée de danse ou des examens, Louis avait envie de crier : « Au diable la danse ! Au diable les examens ! » Lucie Fernandez l'avait invité à la danse, mais Louis était certain qu'elle l'avait fait par pitié.

— Non, avait-il répondu. Mais c'est gentil de m'avoir invité.

Il détestait l'école. Les murs semblaient se resserrer autour de lui chaque jour un peu plus.

Et il détestait Joey. Sa grand-mère n'arrivait pas à comprendre pourquoi il ne répondait plus à ses appels, mais Louis demeurait dans sa chambre, comme il le faisait maintenant tous les soirs.

— Je ne réponds pas au téléphone, disait-il. Dis-lui ce que tu veux, je m'en moque.

— Louis ! Le déjeuner est servi ! criait maintenant sa grand-mère.

Il aurait voulu rester au lit. Mais ça ne servirait à rien de faire comme s'il ne l'avait pas entendue. Elle l'appellerait de nouveau.

Lorsqu'il ouvrit la porte et sortit dans le couloir, il entendit quelque chose de familier qui lui donna la chair de poule.

Le Messie de Haendel. Ses parents écoutaient cette cassette tous les dimanches matin. Louis se réveillait au son de la joyeuse mélodie et humait l'odeur des oeufs frits et du bacon. Il demeurait couché cinq minutes de plus, heureux et paisible, avant de repousser les couvertures et de rejoindre ses parents dans la cuisine...

Louis se précipita dans la cuisine ; sa grand-mère se tenait devant la cuisinière et faisait frire des oeufs, remuant la tête en mesure avec la musique que diffusait une radiocassette portative posé près d'elle.

Elle eut le souffle coupé lorsque Louis éteignit brusquement l'appareil.

— Louis, j'écoutais cette mélodie.

— Moi, je ne veux pas l'entendre.

Il s'assit. Sa grand-mère l'observa durant un moment. Puis, elle se tourna vers le comptoir et lui versa du jus.

— Monsieur Garcia a téléphoné hier soir, annonça-t-elle. Tu étais dans ta chambre, alors je ne t'ai pas dérangé.

Zut ! pensa-t-il. Il savait de quoi il avait dû être question. Les élèves avaient reçu leur bulletin du milieu du semestre le jour précédent et les notes de Louis étaient pourries : quelques D, un C et deux F. Il avait décidé, à la fin de la journée, de ne pas montrer son bulletin à sa grand-mère. Il y avait si longtemps qu'elle ne fréquentait plus l'école, s'était dit Louis, qu'elle ne se demanderait pas pourquoi il n'avait pas encore reçu son bulletin. Il aurait pu imiter sa signature et retourner le bulletin dans quelques jours. Mais monsieur Garcia avait gâché son plan.

— Il est très inquiet à propos de tes notes, continua-t-elle.

Pourquoi les professeurs croyaient-ils qu'ils avaient le droit de s'immiscer dans les affaires des autres ? pensa Louis, furieux. Il aurait très bien pu s'occuper de ça lui-même.

— Je sais que ce doit être difficile de te concentrer

sur tes travaux scolaires après ce qui est arrivé, poursuivit-elle en laissant tomber deux oeufs dans la poêle.

Louis savait qu'ils étaient pour lui. Sa grand-mère ne mangerait ni oeufs, ni bacon, ni même des céréales. Elle boirait une tasse de café noir et un verre de jus d'orange et mangerait, peut-être, un morceau de rôtie.

Lorsque Louis et ses parents visitaient ses grands-parents dans leur vieil appartement, sa grand-mère préparait des repas gargantuesques et mangeait autant que les autres. Louis l'avait toujours considérée comme étant agréablement grassouillette. En la regardant maintenant, il fut choqué de constater à quel point elle avait maigri. Elle avait les traits tirés et le teint pâle et n'était plus du tout rondelette. Elle était maigre.

«Elle devrait manger plus, pensa Louis. Pourquoi ne le fait-elle pas? Elle a soixante-cinq ans! Elle ne pense certainement pas à sa silhouette.»

— Nous pourrions peut-être te trouver un professeur particulier, dit-elle en mettant les oeufs, quelques tranches de bacon et deux rôties dans l'assiette.

— Je ne veux pas de professeur particulier, maugréa Louis en fixant ses oeufs.

— Alors, as-tu d'autres suggestions? Je ne veux pas que tu échoues, dit-elle. Je t'en prie, Louis. Parlons-en.

Louis serra les dents. Elle s'inquiétait toujours à propos de quelque chose et essayait constamment de le faire parler de ses sentiments et de ses pensées.

— Ce ne serait pas la fin du monde si j'échouais, marmonna-t-il.

Sa grand-mère s'assit en face de lui.

— Louis, ne dis pas cela. Imagine à quel point tes

parents seraient bouleversés s'ils savaient que tu échouais.

— Ça n'a pas d'importance. Ils sont morts.

Sa grand-mère s'apprêtait à prendre une bouchée de rôtie, mais elle la reposa dans son assiette.

— Je peux peut-être t'aider, dit-elle d'un ton las.

— Ça ira, grand-mère. Il faut seulement que je travaille plus fort, c'est tout. Ça... n'a pas été facile de me concentrer depuis quelque temps.

Sa grand-mère soupira.

— Je sais ce que tu veux dire.

— Écoute, continua-t-il rapidement. Si mon prochain bulletin n'est pas meilleur, je prendrai des leçons particulières.

Elle but une gorgée de café.

— Je suppose que c'est équitable.

— Merci, dit-il en retrouvant soudain l'appétit.

Il engloutit le reste de son repas et se leva.

— Louis, apporte au moins ton assiette dans l'évier.

— D'accord, d'accord.

Louis posa l'assiette tachée de jaune d'oeuf dans l'évier sans se donner la peine de la rincer. Voilà une autre chose qui l'agaçait chez sa grand-mère. Elle le harcelait toujours pour qu'il nettoie. Ses parents l'avaient fait aussi, mais ils étaient ses parents.

Dans sa chambre, il rassembla ses livres d'école aussi lentement que possible et enfila son blouson en jean et son gilet de ski.

— Bonjour grand-mère, bonjour grand-père, dit-il en passant devant le salon.

Ils écoutaient tous les deux les nouvelles à la télévision.

— Passe une bonne journée à l'école, lui dit sa grand-mère.

Louis entra dans la cuisine et saisit son sac à lunch sur le comptoir. Il s'apprêtait à sortir lorsque quelque chose attira son attention.

Le sac à main de sa grand-mère se trouvait sur la table. Il était ouvert et Louis put voir un liasse de billets de cinq et de dix dollars qui dépassaient de son portefeuille.

Il recevait une allocation — le même montant que ses parents lui donnaient. Mais dix dollars par semaine, ce n'était pas beaucoup. Pas plus tard que le mardi, il avait généralement tout dépensé en frites, hamburgers et jeux vidéo. Il arrivait parfois à convaincre sa grand-mère de lui donner quelques dollars de plus, mais elle en faisait toujours tout un plat, se plaignant qu'il devait apprendre à apprécier la valeur d'un dollar. Ah! ces gens âgés, qui croyaient encore qu'on pouvait acheter quelque chose avec un dollar!

Louis regarda autour de lui, s'assurant que le champ était libre. Puis, il prit un billet de cinq dollars et sortit de l'appartement, claquant la porte derrière lui.

Une fois dehors dans l'air vif et froid, il éprouva une sensation de liberté. On était à l'étroit dans l'appartement. Trop de souvenirs le hantaient.

Il atteignit l'intersection des rues Queen et Catherine. L'école Degrassi se trouvait à quelques pâtés de maisons au nord. Louis se tint sur le coin et attendit le feu vert, tripotant le billet de cinq dollars dans sa poche et redoutant la longue journée d'école qui s'annonçait.

Il ne traversa pas lorsque le feu passa au vert. Il se dirigea plutôt vers l'ouest, vers le centre-ville.

CHAPITRE 9

Lorsqu'il atteignit la rue Yonge, Louis tourna vers le nord. Il avait préféré marcher pour ne pas dépenser son argent en billets de tramway.

Il ne savait pas très bien où il allait. Cependant, il savait que s'il avait envie de flâner, la rue Yonge était l'endroit tout indiqué.

Il se tenait au coin de la rue Dundas. De l'autre côté de la rue se trouvait une arcade de jeux vidéo. Au feu vert, Louis traversa avec une foule de gens qui faisaient déjà leurs emplettes de Noël et entra dans l'arcade.

Un homme arborant plusieurs tatouages était assis derrière le comptoir.

— Bonjour, dit Louis en souriant.

L'homme ne répondit pas. Il continua à lire son magazine.

— Pourrais-je avoir de la monnaie pour deux dollars?

Louis glissa le billet de cinq dollars sur le comptoir.

Sans lever les yeux de son magazine, l'homme plongea la main dans une petite caisse en métal posée devant lui et compta, d'une seule main, huit pièces de vingt-cinq cents et trois pièces d'un dollar. Il s'empara du billet, le mit dans la caisse et laissa tomber la monnaie sur le comptoir.

Louis ramassa l'argent et commença à regarder les jeux. Pour un mercredi matin, il y avait beaucoup de monde — environ dix personnes.

Parmi elles, il n'y avait qu'une seule fille. Elle devait avoir seize ans. Elle ne jouait pas, mais était appuyée sur une machine et avait l'air de s'ennuyer, tandis qu'un garçon jouait sur la machine d'à côté.

Louis s'aperçut qu'il la dévisageait. Elle avait les cheveux coupés ras et teints orangés. Elle était vêtue d'une jupe noire très courte, d'un t-shirt noir, de collants noirs à grands trous et de bottes noires.

Ses yeux étaient également soulignés de noir et son rouge à lèvres était si foncé qu'il semblait noir aussi. Elle avait le teint pâle et paraissait fragile.

Le garçon qui l'accompagnait devait avoir deux ans de plus qu'elle. Il avait de longs cheveux et portait des jeans délavés et un t-shirt de Iron Maiden. Il fixait intensément le jeu devant ses yeux.

— Ouais! Super! s'exclama-t-il.

La fille leva les yeux et croisa le regard de Louis. Elle le dévisagea à son tour, l'air à la fois furieuse et amusée. Louis détourna rapidement les yeux et inséra une pièce de vingt-cinq cents dans la machine la plus proche.

— Salut, mon jeune.

Louis venait de terminer sa huitième partie. Il pivota et se retrouva nez à nez avec un homme qui ressemblait exactement aux vieux clochards que Joey et lui avaient vus sur la rue Yonge en sortant du cinéma.

— Tu as besoin de quelques pièces de vingt-cinq

cents ? J'en ai, dit l'homme en fouillant dans sa poche.

— Ça va, dit rapidement Louis. J'allais partir.

— Il n'y a pas le feu. Ne me dis pas que tu vas être en retard à l'école, ricana l'homme en jetant un coup d'oeil à l'horloge.

Il était presque midi.

L'homme sentait l'eau de toilette bon marché. Il puait tellement que Louis faillit avoir un haut-le-coeur. L'inconnu portait un complet tellement usé qu'il était tout luisant. Sa large cravate était tachée à partir du milieu, comme s'il l'avait accidentellement trempée dans un bol de soupe. Il portait un imperméable pardessus son complet.

— J'allais justement au cinéma. Tu voudrais peut-être te joindre à moi. Je paierai, dit l'homme.

— Non, merci.

Même si c'était le jour et qu'il y avait des gens autour de lui, Louis commençait à avoir la frousse.

— Allez, dit l'inconnu.

Dégoûté, Louis regarda l'homme s'approcher et lui saisir le poignet.

— Tu viens, mon vieux ? dit une voix à côté de lui.

C'était le garçon aux cheveux longs. Il s'adressait à Louis, mais fixait le vieil homme. C'était un regard dur et froid, et l'homme s'en aperçut. Il lâcha brusquement le poignet de Louis.

— Ouais, je suis prêt, bredouilla Louis en s'empressant de suivre le jeune homme à l'extérieur de l'arcade.

Il jeta un dernier regard derrière lui et vit l'homme tourner autour d'une des machines en boutonnant nerveusement son imperméable.

Une fois dehors, le garçon se mit à lui crier après.

— Cet homme est une crapule. Tu n'aurais pas dû lui parler.

— Je ne lui parlais pas. En fait, pas vraiment.

— Ces salauds-là, tu dois les regarder droit dans les yeux et leur dire : « Laisse-moi tranquille ou je te casse la figure. » C'est *tout* ce que tu dois leur dire.

— Bien, merci de m'avoir aidé, marmonna Louis.

Le garçon avait raison. Il aurait dû dire à cette crapule de ne pas l'ennuyer dès le début.

— Tu as fait une fugue ? demanda le jeune homme.

— Oh non ! J'habite Toronto.

— Alors, tu traînes dans le coin durant la journée ?

— Oui, je suppose.

— Je m'appelle Barry.

— Moi, c'est Louis.

Il leva les yeux et aperçut la fille aux cheveux orangés se précipiter vers eux.

— Regarde ce que j'ai, dit-elle hors d'haleine.

Elle tenait dans ses mains quelques sacs de croustilles et des tablettes de chocolat.

— Super ! dit Barry. Un bon lunch !

La fille lança une tablette de chocolat à Barry et observa Louis.

— Qui est-ce ? demanda-t-elle.

Louis se nomma.

— Moi, je m'appelle Tami, dit-elle.

Elle retira l'emballage d'une autre tablette de chocolat.

— Tu en veux une ? demanda-t-elle après quelques secondes de réflexion.

— Seulement si tu en as assez, marmonna-t-il.

Tami lui lança une tablette. Louis en prit une petite

bouchée. Ce n'est qu'à cet instant qu'il se rendit compte à quel point il avait faim. Il n'avait rien mangé depuis le déjeuner. Il enfouit la moitié du chocolat dans sa bouche et observa Tami et Barry du coin de l'oeil. Ils mangeaient en silence sans s'apercevoir que Louis les regardait.

— Alors, vous faites une fugue? demanda Louis d'un ton aussi nonchalant que possible.

Tami regarda Barry.

— Non, répondit Barry. On traîne ici, c'est tout. J'habite chez ma soeur. J'ai loué le sous-sol.

— Super! Ton propre appartement! dit Louis d'un ton envieux.

— Ouais, dit Barry en souriant. Ça me plaît comme ça. Je n'ennuie personne et personne ne m'ennuie.

— Est-ce que tu habites seule aussi?

Louis regarda Tami, qui dévorait sa deuxième barre de chocolat. «Elle est si maigre!» pensa-t-il.

— En quelque sorte, répondit-elle en jetant un coup d'oeil vers Barry avant de continuer. Je vis toujours chez moi. Mais mes parents me laissent tranquille. J'ai ma chambre et ma propre entrée. C'est vraiment joli. J'ai un immense lit à baldaquin, une télévision, une chaîne stéréo... Mes parents sont très riches.

— Quelle école fréquentes-tu? demanda Louis.

Tami haussa les épaules.

— Je ne vais pas à l'école.

— Et tes parents?

— Oh! ils s'en moquent pas mal. Ça ne les ennuie pas.

— Eh bien! dit Louis en secouant la tête. Tu en as de la chance.

— Laisse-moi deviner, dit Tami en riant. Je parie que tes parents sont très sévères et qu'ils seraient choqués d'apprendre que tu as manqué une journée d'école.

Louis demeura silencieux durant un moment.

— Ils sont morts, dit-il simplement.

— Désolé, dit Barry.

Tami s'approcha et serra le genou de Louis d'un geste sympathique. Un frisson le parcourut.

— Il y a longtemps? demanda Tami.

Louis hésita. Ces gens ne le connaissaient pas. Il ne voulait pas qu'ils le prennent en pitié ou qu'ils le regardent curieusement.

— Très longtemps, s'entendit-il répondre.

Il savait qu'ils étaient contents qu'il n'en ait pas dit plus long. «Personne n'aime parler de la mort» pensa-t-il.

Tami s'anima.

— Vous avez envie d'aller voir un film? demanda-t-elle. Il y a un film d'horreur à l'affiche au cinéma de centre Eaton.

— Je n'ai que trois dollars, dit Louis.

— Ne t'en fais pas pour ça, dit Tami en gloussant et en saisissant son bras d'une main et celui de Barry de l'autre. Reste avec nous.

CHAPITRE 10

Louis se tenait près de la porte derrière le cinéma avec Barry. Un vent glacial soufflait autour d'eux.

— Quel âge as-tu? demanda Louis.

— Dix-huit ans. Et toi?

— Quatorze, admit Louis en se demandant si Barry allait l'envoyer promener.

— Comme Tami, dit-il plutôt.

— Elle a quatorze ans? fit Louis en haussant les sourcils.

— Ouais.

— Elle paraît plus âgée que ça.

— Ouais. La vie nous fait parfois vieillir plus vite.

La porte s'ouvrit toute grande et Tami fit entrer Louis et Barry dans la salle obscure. Ils s'assirent rapidement à l'avant. Louis retint sa respiration. Il n'avait jamais rien fait de tel.

Après quelques minutes, cependant, Louis se détendit et s'adossa à son siège.

Tami était assise entre Barry et lui. «Qu'elle est belle!» se surprit à penser Louis. Elle était tout à fait différente des filles de l'école.

Tami se retourna et surprit son regard. Louis sourit faiblement et tourna brusquement la tête vers l'écran.

«Idiot», se dit-il intérieurement, le sourire toujours figé sur ses lèvres. Il essaya de se concentrer sur les images qui défilaient à l'écran, mais ne pouvait s'empêcher de remarquer que la jambe de Tami était dangereusement près de la sienne.

Soudain, Tami se pencha vers lui.

— As-tu la moindre idée de ce qui se passe? murmura-t-elle à son oreille en riant doucement.

Louis mit un moment à comprendre qu'elle voulait parler du film.

— Non, murmura-t-il à son tour. Pas encore.

— Nous non plus, ajouta-t-elle.

Son souffle chaud dans son oreille le fit frissonner.

Louis agrippa les bras du fauteuil. «Trouve quelque chose à ajouter, se dit-il. Quelque chose d'amusant. Ou d'intelligent. Quelque chose à propos des costumes ou des effets spéciaux. »

Il avala sa salive, rassemblant son courage. Puis, il se retourna et ouvrit la bouche...

Mais il s'arrêta net. Barry avait passé son bras autour des épaules de Tami. Louis détourna rapidement le regard et fixa l'écran, mais vit du coin de l'oeil qu'ils avaient commencé à s'embrasser.

Il aurait dû deviner qu'ils sortaient ensemble. De plus, se dit-il, c'était agréable de se trouver là avec deux personnes qui ne savaient rien de lui.

Deux personnes qui deviendraient peut-être même ses amis.

Une fois le film terminé, il était temps pour Louis de rentrer.

— Tu reviens demain ? demanda Tami.

— Je ne sais pas. Et vous ?

Tami et Barry échangèrent un sourire narquois.

— Nous sommes toujours ici, répondit Barry.

— Je viendrai aussi, dit Louis.

Il y avait pourtant de l'école le lendemain.

— Tu pourrais peut-être obtenir de l'argent de tes parents. Ou plutôt... de tes grands-parents, dit rapidement Tami.

— Je croyais que tes parents étaient riches, dit Louis.

— Ils le sont. Mais tu sais comment sont les parents. Ils sont furieux seulement parce que je suis rentrée tard un soir, la semaine dernière, et ils refusent de me donner mon allocation.

— Je verrai ce que je peux faire, dit-il en la regardant.

Il prit le long chemin du retour, se retournant pour les saluer une fois de plus. Mais ils s'éloignaient déjà dans la direction de l'arcade.

Cette nuit-là, Louis était couché dans son lit, incapable de dormir. Toutefois, ce n'était pas un cauchemar ni la crainte d'en faire un qui le gardait éveillé.

Il pensait à Tami et à Barry. Ils en avaient de la chance. Personne ne leur disait qu'ils devaient aller à l'école ni ne les menait par le bout du nez.

Il n'avait pas songé à ce qu'il ferait pour éviter que sa grand-mère n'apprenne qu'il avait manqué deux jours d'école. Il s'inquiéterait de cela plus tard. Pour l'instant, il voulait seulement penser à toutes les

choses qu'il avait faites durant la journée. Pour la première fois depuis la mort de ses parents, il s'était senti
vivant.

CHAPITRE 11

— Oui, c'est bien la secrétaire de l'école? Je suis madame Adams, la grand-mère de Louis Wheeler.

Louis observait Tami avec une vive attention à travers la vitre de la cabine téléphonique. Elle était formidable. Elle était même parvenue à adopter une voix de vieille dame. Barry se tenait près de lui et avait mis sa main sur sa bouche pour ne pas rire.

— J'appelle pour vous dire que Louis est très malade; il a la grippe. C'est pour cette raison qu'il était absent hier et je doute fort qu'il puisse aller à l'école aujourd'hui... Oui. Merci.

Tami raccrocha et éclata de rire.

— Elle a tout gobé! Quelle idiote!

— Merci beaucoup, dit Louis.

Elle haussa les épaules.

— Pas de problème.

Ils se dirigèrent vers la rue Yonge. Louis remarqua que, malgré le froid intense, Tami ne portait qu'un mince blouson. Elle était vêtue comme la veille, mais avait changé de t-shirt.

Louis ressentit une pointe de jalousie lorsque Barry passa son bras autour d'elle d'un air désinvolte. Ils en avaient de la chance d'être ensemble.

Ils atteignirent la rue Yonge. Tami commença à trépigner.

— J'ai froid, marmonna-t-elle. Hé ! Louis, tu as de l'argent ?

— Ouais, répondit-il.

La veille, il avait supplié sa grand-mère de lui donner dix dollars, réussissant finalement à la convaincre en mentant.

— Il y a une sortie à l'école vendredi prochain, avait-il imploré. Si je n'y vais pas, j'échouerai l'examen que nous aurons en revenant.

— Combien ? demanda Barry.

Il tripota le billet dans sa poche. Il ne voulait pas le dépenser en entier. Cependant, il ne pouvait prétendre qu'il avait moins que dix dollars, car ils verraient le billet tôt ou tard.

— Dix dollars.

— Dix dollars ! Super ! C'est suffisant pour nous payer une pizza, dit Tami, les yeux étincelants. Je connais un endroit où ça ne coûte pas cher.

Louis soupira. Il n'avait pas envie d'une pizza. Mais Tami semblait si excitée et affamée et il faisait tellement froid…

— Allons-y, dit-il.

La pizzeria était petite et malpropre. Louis mangea son morceau avec précaution, examinant les ingrédients afin de s'assurer qu'il mangeait vraiment du pepperoni et non un insecte ou un mégot de cigarette. Une couche de graisse semblait recouvrir tout le restaurant. Il la sentait sur sa peau.

— Délicieux ! dit Tami en avalant une grosse bouchée de pizza.

Louis avait à peine terminé son premier morceau que Tami engouffrait déjà son deuxième. Il la regarda prendre une troisième portion.

— On croirait qu'on ne te donne pas à manger chez toi, plaisanta-t-il.

Mais Tami ne rit pas. Son front se plissa tandis qu'elle observait Louis.

— Qu'est-ce que tu veux dire?

— Rien, s'empressa de répondre Louis. C'est juste que... tu manges rapidement.

Elle laissa tomber le troisième morceau de pizza dans son assiette et fixa la table d'un air maussade.

«Idiot», se dit Louis intérieurement.

— Allez, Tam, dit Barry en la poussant du coude. Tu sais qu'il plaisantait. Ne fais pas l'enfant.

Durant un moment, Tami demeura immobile. Mais sa faim l'emporta rapidement sur son orgueil et elle se mit à dévorer le troisième morceau aussi vite que les deux premiers.

Une fois la pizza terminée, Tami était de nouveau joyeuse.

— Je veux faire du lèche-vitrines, annonça-t-elle. Vous venez?

— Je ne peux pas, répondit Barry. J'ai promis à ma soeur de m'occuper du bébé.

— Oh! fit Tami.

— Je vais t'accompagner, dit Louis.

Tami dévisagea Louis et durant un instant, il fut certain qu'elle savait qu'elle lui plaisait. Il détourna rapidement le regard.

Tami se tourna vers Barry. Celui-ci haussa les épaules.

— Vas-y. Ce sera amusant.

— D'accord, dit-elle. Bien sûr.

— Tu viendras chez moi quand tu auras terminé ? lui demanda Barry.

— Naturellement.

Tami se pencha au-dessus de la table et lui donna un long baiser langoureux. Louis détourna les yeux et fit mine d'étudier le menu au-dessus du comptoir.

— À bientôt, vieux, dit Barry avant de disparaître. Veille sur elle.

— Je n'arrive pas à croire que ça n'ennuie pas tes parents de te voir flâner toute la journée, dit Louis tandis qu'elle regardait des mini-jupes.

Ils déambulaient dans le centre Eaton depuis plus d'une heure et Tami n'avait toujours rien acheté.

— Ouais… fit Tami.

— Mes parents ne me laisseraient jamais m'absenter de l'école comme ça, insista-t-il. Je veux dire… s'ils étaient en vie.

— Ainsi, tu habites avec tes grands-parents ?

— Ouais.

— Ça doit être ennuyant. Je n'aime pas les gens âgés.

— Ils sont gentils, dit Louis. Mais ils sont parfois casse-pieds.

— Il n'y a rien qui me plaît ici, annonça-t-elle à voix haute. Allons-nous-en.

Louis la suivit à l'extérieur du magasin, puis dans la boutique adjacente. Tous les vêtements commençaient à se ressembler.

— Où habites-tu ?

— Oh! dans l'Ouest de la ville, répondit-elle en tripotant un blouson de cuir. N'est-il pas superbe?

— Que font-ils? demanda Louis.

— Qui?

— Tes parents?

Tami replaça le blouson là où elle l'avait pris et regarda Louis droit dans les yeux.

— Écoute. Faisons un marché. Je ne te poserai pas de questions à propos de tes parents si tu n'en poses pas à propos des miens.

— D'accord, marmonna-t-il. Désolé.

« Voilà qui est brillant », pensa-t-il. Il l'avait agacée deux fois au cours du même après-midi.

— J'aime celui-ci, dit Tami en tenant un t-shirt noir devant elle.

— Mais tous tes vêtements sont noirs, protesta Louis.

Elle roula les yeux.

— Je porte toujours du noir. C'est cool.

Louis baissa les yeux sur son propre t-shirt bleu pastel.

— Je vais les essayer, dit Tami en prenant une pile de t-shirts. Je reviens tout de suite.

Louis se tint près de la porte tandis que Tami essayait les vêtements. Il pouvait sentir le regard d'un des vendeurs lui percer le dos. Il avait envie de se retourner et de dire : « Arrêtez de me regarder! Tous les adolescents ne sont pas des voleurs. »

— C'est juste que je ne sais pas pourquoi tu as acheté cette chemise. Cette couleur ne te va pas.

— Comment sais-tu que l'orangé ne me convient pas?

Louis figea. Ces voix… Il se précipita à l'extérieur du magasin et regarda à gauche, puis à droite.

C'est alors qu'il les aperçut. Oubliant Tami, il se mit à courir dans le centre commercial, bousculant les gens sur son passage.

— Hé! attention! criaient les passants.

Mais il les ignoraient. Bientôt, il les rejoignit. Ils leur ressemblaient même de dos.

— D'accord, peut-être que l'orangé ne me va pas. Mais est-ce que c'est vraiment important? disait l'homme.

— Non, je ne crois pas, dit la femme en riant. Tu auras l'air d'une grosse orange, mais si ça ne t'ennuie pas…

— Maman? Papa? lâcha Louis.

Le couple se retourna et le regarda. Son coeur se brisa. Ils ne ressemblaient pas du tout à ses parents.

— Désolé, parvint à prononcer Louis tandis qu'ils s'éloignaient.

Il les observa, cloué sur place, se faisant bousculer par d'autres passants. «Je deviens fou», pensa-t-il.

— Je te cherchais partout.

Tami se trouvait à côté de lui.

— Oh! Je… je croyais avoir vu quelqu'un que je connaissais, expliqua-t-il d'une voix faible.

— Ça va? Tu as l'air plutôt pâle.

— Ça va, répondit-il en s'efforçant de sourire. Alors, le t-shirt ne te plaisait pas? demanda-t-il en remarquant qu'elle n'avait pas de sac.

— Bien sûr qu'il me plaisait, ricana-t-elle.

Elle lui prit la main et l'entraîna vers la sortie. La sensation de sa main délicate et chaude tenant la sienne le réconforta.

Il espéra qu'elle ne le laisserait pas. Mais, dès l'instant où ils furent à l'extérieur, elle lui lâcha la main.

Tami ouvrit son manteau et exhiba le t-shirt.

— Tu vois ? dit-elle d'une voix aiguë.

Louis resta bouche bée.

— Tu l'as volé ?

— Ne fais pas la poule mouillée, dit-elle. Bien sûr que je l'ai volé. Ce n'est pas si grave.

Louis ne répondit pas. Tami regarda l'horloge sur l'édifice en face d'eux.

— Je ferais mieux d'aller chez Barry. On se revoit demain ?

Louis put répondre oui sans hésitation, le lendemain étant un samedi. Elle allait se sauver lorsqu'elle se retourna et lui donna un rapide baiser sur la joue.

— Salut.

Louis la regarda s'éloigner en sautillant. Il porta la main à sa joue, captant la seule parcelle de chaleur de cette froide journée d'automne.

CHAPITRE 12

— C'est sans contredit un mois de décembre froid, dit sa grand-mère en déjeunant une semaine plus tard.

Louis ne se donna pas la peine de répondre. Il enfouit une autre bouchée de crêpes dans sa bouche.

— Joey a téléphoné deux fois hier soir, continua-t-elle.

Louis saisit son verre de jus d'orange et en avala une longue gorgée.

— Tu pourrais au moins me répondre, soupira-t-elle.

— Qu'est-ce que tu veux que je te dise? Je t'ai dit un million de fois que je ne voulais pas lui parler, lâcha-t-il d'un ton brusque.

Sa grand-mère semblait au bord des larmes. «Elle est bouleversée à la moindre petite chose», pensa Louis.

Il essuya avec son doigt le sirop d'érable qu'il restait dans son assiette et se leva.

— Combien de fois devrai-je te demander d'apporter ton assiette dans l'évier? dit sa grand-mère.

Louis se retourna, le visage crispé. Il saisit l'assiette et la lança dans l'évier, où elle atterrit avec fracas.

Le silence envahit la pièce. Sa grand-mère le fixa. Il se dirigea vers l'évier et ramassa les tessons de ce qui avait été une assiette.

— Je suis désolé, grand-mère, marmonna-t-il. Je ne voulais pas la casser.

— Cette assiette faisait partie du service de vaisselle que j'avais offert à tes parents le jour de leur mariage, murmura-t-elle. Ta mère adorait ce service.

Elle se mit à pleurer.

Louis roula les yeux. Il lui tourna le dos et ouvrit le réfrigérateur, en retirant du saucisson de Bologne, de la laitue, de la moutarde et du fromage. Il prépara trois sandwiches et prit une rangée entière de biscuits. Il les mit dans un grand sac de papier, ajoutant trois pommes qui se trouvaient dans un bol sur le comptoir.

— Tu apportes assez de nourriture pour satisfaire une armée, fit remarquer sa grand-mère.

— Je suis en pleine croissance, rétorqua Louis.

Il sortit de la cuisine.

— Range ce que tu as sorti ! s'écria sa grand-mère.

Elle se leva et sortit de la cuisine à son tour.

« Elle devient folle », pensa Louis en remettant les aliments dans le réfrigérateur. Il s'empara de son sac à dos sur le comptoir et y fourra le sac de provisions.

C'est alors qu'il aperçut le sac à main. Sa grand-mère l'avait de nouveau laissé sur le comptoir et il pouvait voir quelques billets de dix dollars à l'intérieur.

Silencieusement, il retira un billet de la pile.

— Au revoir grand-mère, au revoir grand-père ! cria-t-il en enfouissant le billet dans sa poche et en claquant la porte derrière lui.

— Comment c'était à l'école hier ? demanda Barry d'un ton moqueur.

Louis était allé à l'école durant les quatre premiers jours de la semaine. Mais aujourd'hui, c'était vendredi et il avait décidé de s'offrir une journée de congé. Tami rédigeait une note qu'il remettrait à la secrétaire lundi.

— Ennuyeux, se contenta de répondre Louis.

— Mon vieux, je ne sais pas comment tu fais, dit Barry. Tous ces règlements, tous ces professeurs qui se fichent de nous. Ils passent le temps en attendant de toucher leur pension de retraite.

— C'est vrai, ajouta Tami. Je déteste l'école.

Elle termina la note et la remit à Louis.

— Tu as fait une faute en écrivant « absent », fit-il remarquer.

— Écoute, tu m'as demandé de te rendre service, je l'ai fait, rétorqua-t-elle brusquement.

— Tu as raison, s'empressa de dire Louis.

Elle était vraiment susceptible.

— Merci. Je vous ai apporté quelque chose.

Il sortit les sandwiches, les biscuits et les pommes du sac.

— Oh ! regarde ! Un repas bien équilibré, dit Tami en haussant les sourcils.

Toutefois, elle s'empara d'un sandwich et l'enfouit dans sa bouche.

Barry l'imita et Louis les regarda manger. Les mains de Tami étaient rougies par le froid. Elle ne portait ni tuque, ni gants, ni foulard.

— J'ai encore de l'argent, annonça-t-il. Dix dollars.

— Nous pourrions acheter une grosse bouteille de vin rouge bon marché avec ça, suggéra Barry.

— Oui ! s'exclama Tami. Faisons la fête.

— Non.

Ils fixèrent Louis.

— Qu'est-ce que tu veux dire ? demanda Tami.

— Non, dit Louis en baissant les yeux au sol.

— Pourquoi pas ?

— Parce que, d'accord ? dit-il d'un ton suppliant.

Il ne pouvait chasser de son esprit l'image du conducteur ivre heurtant la voiture de ses parents.

— Je crois qu'on devrait acheter des gants à Tami, continua-t-il rapidement.

— Non, protesta Tami. C'est trop ennuyeux. De plus, si je veux des gants, je n'ai qu'à les voler.

Ils finirent par acheter une pizza. Louis ne pouvait détacher son regard de Tami tandis qu'elle dévorait morceau après morceau. Elle ressemblait à un moineau, mais mangeait comme un éléphant.

Louis ne pouvait percer son mystère. Elle avait toujours faim. Elle n'avait jamais d'argent. Elle volait. Pourtant, elle lui racontait à quel point ses parents étaient riches et décrivait en détail les choses merveilleuses qu'elle avait chez elle.

Louis commençait à se demander si tout cela était vrai. Mais Tami avait été très claire ; elle refusait d'en parler et Louis comprenait. Elle voulait vivre le moment présent. Tout comme lui.

— Grand-mère ? appela Louis en rentrant ce soir-là.

— Je suis dans la cuisine.

Louis s'arrêta dans l'embrasure de la porte, surpris de voir sa grand-mère à quatre pattes sur le sol.

— Qu'est-ce que tu fais ? demanda-t-il.

— J'ai perdu dix dollars, répondit-elle d'une voix légèrement tremblante.

Le sang de Louis ne fit qu'un tour.

— Tu as peut-être mal compté, marmonna-t-il.

— Non. J'en suis certaine. J'ai encaissé mon chèque de pension il y a deux jours. Il y avait juste assez d'argent pour payer les médicaments de ton grand-père et l'épicerie de la semaine.

Elle se releva, les mains vides.

— J'ai dû le laisser tomber quelque part, soupira-t-elle.

— Ce n'est que dix dollars.

— Que dix dollars ! s'écria-t-elle. J'aimerais avoir ton insouciance quand il est question d'argent.

— Je ne suis pas insouciant, rétorqua-t-il. Mais je ne suis pas radin non plus.

Soudain, sa grand-mère le dévisagea d'un air sévère.

— Ce n'est pas la première fois qu'il me manque de l'argent, jeune homme.

— Qu'est-ce que tu veux insinuer ? cria-t-il, le visage enflammé.

— Je ne sais pas. Et toi ?

— Je ne l'ai pas pris, si c'est ce que tu veux dire, mentit-il. Comment peux-tu penser une chose pareille ?

— Je ne sais plus quoi penser, Louis. Tu ne me laisses pas t'approcher. J'ai l'impression d'habiter avec un étranger.

— Tu crois que cet arrangement me plaît plus qu'à toi ? Tu penses que ça m'amuse de vivre avec mes grands-parents ?

Elle ne répondit pas. Elle se contenta de l'observer, le regard triste de nouveau.

— Je m'en vais dans ma chambre, dit-il soudain.

Une fois dans sa chambre, Louis ferma la porte et se coucha sur son lit. Il ne volerait plus d'argent à sa grand-mère.

Cependant, il aurait voulu avoir son propre argent. Ses parents lui avaient laissé une certaine somme, mais il ne pouvait la toucher avant sa majorité.

De plus, Noël approchait à grands pas. Il devrait acheter quelque chose à ses grands-parents. Peut-être même à Tami et à Barry. Quant à Joey, il s'en passerait cette année.

Tout à coup, il eut une idée.

Il se mit à quatre pattes et glissa un bras sous son lit, cherchant le manche de sa guitare. Lorsqu'il la retira, il s'aperçut que de la poussière s'était infiltrée entre les cordes.

Elle était d'un bleu magnifique, intense et brillant. La courroie était également un cadeau de ses parents. Elle avait été faite sur mesure et «Louis» était gravé dans le cuir. Il enleva la courroie et la lança sous le lit.

Il toucha doucement les cordes et joua quelques notes. Elle était sérieusement désaccordée. Peut-être était-il fou…

«Non» se dit-il. Ce n'était pas fou, mais sensé. Il n'en jouerait plus jamais, de toute façon.

Il rangea sa basse dans l'étui et la plaça près de la porte.

CHAPITRE 13

— Non? Tu es fou, mon vieux, dit Louis. Tu m'as supplié de te la vendre l'année dernière, tu te souviens?

— Je suis désolé, dit Simon. Mais je n'ai pas l'argent.

Ils se trouvaient dans le corridor à l'école. Les haut-parleurs crachaient de la musique de Noël.

— Tu ne pourras jamais acheter une guitare en aussi bon état pour deux cents dollars, continua-t-il.

— Mais je n'ai pas l'argent.

— Écoute. Tu peux me donner vingt-cinq dollars par semaine.

Simon hésita. Louis était certain qu'il allait dire oui lorsque la petite amie de Simon, Alexa, se joignit à eux.

— Salut les gars! Quoi de neuf?

— Louis essaie de me vendre sa guitare. C'est vraiment une bonne affaire — seulement deux cents dollars.

— Deux cents dollars? Où trouveras-tu une telle somme?

— Il a dit que je pourrais lui verser des paiements hebdomadaires.

— Simon, as-tu acheté mon cadeau de Noël ?

— Non.

Le cœur de Louis se serra.

— Alors, dit Alexa, tu n'auras certainement pas assez d'argent pour acheter une basse.

Simon regarda Louis et haussa les épaules.

— Désolé.

— Ce n'est pas grave, grommela Louis tandis que Simon et Alexa s'éloignaient bras dessus, bras dessous.

Louis saisit sa guitare et se dirigea vers la sortie.

Louis avait déjà remarqué les nombreux établissements des prêteurs sur gages de la rue Church, mais il n'y était jamais entré. Maintenant, tandis qu'il entrait d'un pas traînant dans le plus vaste d'entre eux, il avait l'impression d'essayer de vendre quelque chose qui ne lui appartenait pas.

— Je peux t'aider ?

Louis se retourna et vit un homme âgé debout derrière lui. Il avait des cheveux blancs crépus, une barbe et un ventre proéminent. Louis pensa qu'il ressemblait un peu au père Noël.

— Je veux vendre ma basse, dit-il à l'homme.

L'homme regarda Louis, puis la basse, et Louis de nouveau.

— Elle n'est pas volée, n'est-ce pas mon jeune ?

— Non ! protesta Louis avec véhémence.

— Laisse-moi la montrer au gérant dans l'arrière-boutique. Je peux obtenir une estimation dans un instant.

L'homme disparut avec la guitare. Louis regarda les objets disposés sur des étagères autour de lui : des chaînes stéréo, de l'argenterie, des bijoux en or, quelques instruments de musique. Il y avait une autre basse, mais pas aussi belle que la sienne.

— Je peux t'en donner soixante-quinze dollars, dit l'homme lorsqu'il fut de retour.

— Soixante-quinze dollars ? Elle vaut beaucoup plus que ça.

— Écoute, mon gars. C'est ainsi que les prêteurs sur gages font des affaires. Tu n'obtiens pas le meilleur prix, mais nous te remettons de l'argent comptant.

L'homme n'avait plus rien du père Noël.

— Ne pouvez-vous pas me donner juste un peu plus ? Cent dollars, par exemple ?

— Je suis désolé. Soixante-quinze dollars est ma dernière offre.

Louis soupira.

— D'accord.

— Si cela peut te réconforter, tu as un an pour la racheter. Nous ne la mettrons pas en vente avant, dit l'homme en rédigeant un reçu.

Il tendit un coupon à Louis.

— Garde-le dans un endroit sûr. Tu dois l'avoir si tu décides de racheter ta basse.

— Et si je ne la rachète pas ?

— Alors nous la mettrons en vente.

— Je parie que vous allez demander beaucoup plus que soixante-quinze dollars, marmonna Louis.

— Bien sûr, dit l'homme en riant et en dévoilant une rangée de dents tachées de nicotine. C'est un commerce, après tout. Pas une oeuvre de charité.

«Quelle crapule!», pensa Louis en sortant rapidement du magasin.

En rentrant chez lui, il mit le coupon dans un petit vase sur sa table de chevet.

— Désolé, papa et maman, murmura-t-il même s'il n'y avait personne pour l'entendre.

CHAPITRE 14

Parfois, il se demandait où ses parents se trouvaient. Il n'était pas très religieux, mais il aimait penser qu'ils étaient allés quelque part. Si le paradis existait, Louis était certain que ses parents s'y trouvaient.

— Hé! Louis! Joyeux Noël!

Celui-ci sursauta. Il flânait dans l'arcade, espérant que Tami et Barry allaient venir. Plus Noël approchait, plus il se sentait tendu. Il passait tout son temps avec eux depuis que les vacances de Noël étaient commencées, car ils ne lui rappelaient pas ses parents. Cela l'aidait à oublier.

— Tu es un vrai paquet de nerfs, fit remarquer Barry en riant.

— Je vais bien, dit Louis. Où est Tami?

— Elle est aux toilettes.

Barry regarda Louis d'un air curieux. « Il sait, pensa Louis. Il sait que je suis amoureux de sa petite amie. »

Mais avant que Barry n'ait pu dire quoi que ce soit, Tami sortit des toilettes, plus belle que jamais.

— J'ai apporté de l'argent, annonça-t-il. Vingt dollars.

— Fantastique! On pourra célébrer Noël.

— Mais, Louis, laisse-nous fêter à notre façon cette fois, d'accord ? Tu t'amuseras, fais-nous confiance.

— Je déteste Noël, annonça Louis à voix haute.

Ils étaient assis dans le sous-sol où habitait Barry. Sa sœur et son beau-frère étaient sortis et avaient laissé leur bébé chez les voisins. Ils avaient la maison toute à eux et avaient monté le volume de la radio.

Il n'y avait pas grand-chose à regarder dans la pièce. Le sous-sol n'était pas fini et les murs étaient en ciment. Un lit de camp, une chaise et une vieille commode étaient les seuls meubles dans la pièce. Quelques affiches de groupes «heavy metal» ornaient les murs.

Louis passa la bouteille de vin rouge à Tami et la regarda avaler une longue gorgée.

— Je déteste aussi Noël, dit-elle.

La deuxième bouteille de vin était presque vide. C'était seulement la troisième fois que Louis buvait de l'alcool ; les autres fois, il s'agissait d'une bière ou d'un verre de vin. Il devait admettre qu'il se sentait bien. Il était plus détendu qu'il ne l'avait jamais été au cours des derniers mois.

Louis appuya la tête contre le lit de Barry et ferma les yeux. Il dut cependant les rouvrir, car tout s'était mis à tourner.

— Et je déteste les parents, dit Tami.

— Tu ne penses pas vraiment ce que tu viens de dire, murmura Louis.

— Oh oui ! De tout mon cœur. Je déteste les parents.

— Ne dis pas ça, dit Louis d'une voix plus forte.

— Je déteste les parents, je déteste les parents, je déteste les parents, chantonna-t-elle.

Louis se couvrit les oreilles.

— Ferme-la !

Soudain, Tami cessa de rire.

— Je voudrais que mes parents soient morts, murmura-t-elle.

— Tu es folle, maugréa-t-il.

Elle agita un doigt dans sa direction.

— Tous les parents ne sont pas comme les tiens.

— Morts, tu veux dire ?

— Ils sont peut-être morts aujourd'hui, mais lorsqu'ils étaient en vie, ils t'aimaient. J'en suis sûre. Mes parents sont vivants et ne m'ont jamais aimée. Alors, j'aimerais autant qu'ils soient morts.

Tami arracha la bouteille des mains de Barry et prit une longue gorgée. Louis constata qu'elle pleurait. Elle posa la bouteille et se mit à sangloter. Barry passa son bras autour de ses épaules. Soudain, Louis fut pris de nausée. Il se leva et monta l'escalier quatre à quatre.

— Joyeux Noël, Louis, cria Tami d'une voix sarcastique.

Il sortit dans l'air froid et réussit à atteindre le trottoir avant de vomir. Même lorsque son estomac fut vide, il continua à avoir des haut-le-coeur. Un goût aigre lui emplissait la bouche. Enfin, il se redressa et rentra chez lui en titubant.

CHAPITRE 15

— Merci grand-mère, merci grand-père.

Louis regarda les cadeaux devant lui : deux slips, deux t-shirts blancs, un chandail bleu marine et un manuel de musique pour sa guitare.

Sa grand-mère l'avait réveillé à huit heures et demie. Il se sentait étourdi à cause du vin. Il s'était promis de ne plus jamais boire d'alcool, même si Tami et Barry insistaient.

— J'espère que le manuel de musique te plaît, dit sa grand-mère. Je ne savais pas quel genre de musique tu aimais jouer.

— Il est super, dit-il.

Il n'eut pas le courage de lui dire qu'il avait vendu sa basse.

— Nos cadeaux nous plaisent également, dit sa grand-mère en souriant.

— Ils ne sont pas très originaux, marmonna-t-il pour s'excuser.

Il avait acheté une boîte de chocolats et de l'eau de toilette bon marché à sa grand-mère. À son grand-père, il avait offert une paire de pantoufles en tissu écossais.

— C'est l'intention qui compte, mon cher, dit sa grand-mère. Et j'adore le chocolat.

— Moi, j'adore le tissu écossais, ajouta son grand-père.

Ils rirent tous poliment.

Puis, le silence envahit la pièce. Louis regarda l'horloge. Neuf heures et demie.

La journée allait être longue.

Il lava la vaisselle du déjeuner. Ensuite, il joua aux échecs avec son grand-père.

Ne pouvant supporter de se trouver dans l'appartement une minute de plus, il dit à sa grand-mère qu'il allait chez Joey. Elle parut heureuse.

Une fois à l'extérieur, toutefois, il marcha dans la direction du lac et se rendit jusqu'au bout de la promenade. Puis, il s'assit sur un rocher et regarda l'eau.

— Louis, tu n'aurais pas dû.

La voix de sa mère envahit le silence.

— Elle est absolument superbe.

Il lui avait acheté une écharpe en soie véritable l'année précédente, utilisant toutes ses économies.

— Nous formons un couple plutôt charmant, ajouta la voix de son père.

Louis revit ses parents assis côte à côte sur le canapé; sa mère portait l'écharpe autour de son cou et son père, la cravate ridicule à motif de poisson que Louis lui avait offerte.

— J'espère que tu n'as pas l'intention de porter cette cravate pour aller travailler, dit la voix de sa mère.

— Bien sûr! Mais seulement le vendredi.

Louis se leva sur le rocher.

— AAAAAAAH! hurla-t-il à pleins poumons.

Le son de sa voix se perdit presque immédiatement dans le vent.

— AAAAAAAH! cria-t-il de nouveau.

Il savait que personne ne pouvait l'entendre. Tout le monde se trouvait à l'intérieur, ouvrant des cadeaux, buvant du lait de poule, fredonnant des chants de Noël et préparant des festins.

Il donna des coups de poing dans le sable et se mit à rire. Il rit, encore et encore, jusqu'au moment où des larmes se mirent à couler sur son visage.

— La dinde est délicieuse, grand-mère, dit Louis.

— C'est vrai? Je croyais l'avoir laissée au four un peu trop longtemps.

— Non, elle est parfaite, renchérit son grand-père.

Ils demeurèrent silencieux. Louis remarqua que sa grand-mère ne mangeait presque pas.

— Le bouillon est aussi très bon, dit Louis.

Sa grand-mère sourit. Louis s'aperçut que ses yeux étaient remplis de larmes. Il baissa la tête et s'efforça de manger un morceau de pomme de terre.

Le téléphone sonna. Louis ne répondait jamais au téléphone s'il n'y était pas obligé, mais ce soir-là, il saisit avec soulagement l'occasion de se lever. C'était peut-être Tami ou Barry.

— Allô?

— Salut Louis!

L'estomac de Louis se contracta.

— Joey. Salut.

Il n'avait pas eu de nouvelles de Joey depuis des semaines. Celui-ci avait finalement renoncé à essayer de lui parler à l'école ou au téléphone.

— Je voulais seulement savoir comment tu allais.

— Bien.

— Tant mieux.

Joey demeura silencieux. Louis ne dit rien non plus.

— Tu me manques, Louis, dit enfin Joey.

— C'est l'ancien Louis qui te manque.

— Non. C'est toi, dit Joey d'un ton un peu impatient.

— … Écoute, je dois raccrocher. Ma grand-mère sert le souper.

— D'accord, dit Joey tristement. Louis ?

— Ouais ?

— Joyeux Noël.

— Ouais. Bien sûr.

Il raccrocha.

CHAPITRE 16

Le lendemain de Noël, Louis décida de rendre visite à Barry. Il n'avait pas été invité, mais il fallait qu'il sorte de l'appartement.

— Hé ! vieux ! Entre ! dit Barry en l'accueillant.

Louis le suivit jusqu'en bas. Barry s'étendit sur son lit et Louis s'assit sur la chaise.

— Comment s'est passé ton Noël ? demanda Louis.

— Bien.

— Tu as eu de jolis cadeaux ?

— Non. Nous n'offrons pas de cadeaux dans ma famille.

Louis demeura silencieux. Pourquoi avait-il posé une question si idiote ?

— Mais j'ai acheté un cadeau à ma petite nièce, dit Barry.

Son visage s'éclaira.

— Je lui ai offert une poupée formidable. Elle parle et tout… Elle m'a coûté une fortune, mais ça en valait la peine. Il fallait voir ses yeux lorsqu'elle a ouvert la boîte.

Barry se redressa et alluma la radio.

— Je suis désolé d'avoir bouleversé Tami l'autre jour, dit Louis.

— Ce n'est rien. Elle devient très sensible quand elle boit de l'alcool.

— C'est la même chose pour moi, marmonna Louis.

— En fait, j'espérais que c'était elle qui arrivait, reprit Barry.

— Pourquoi?

— Je ne l'ai pas revue depuis la veille de Noël. Nous nous sommes un peu disputés après ton départ et ça m'inquiète.

— Elle est probablement chez elle, dit Louis.

Barry se mit à rire.

— Ouais.

— Qu'est-ce que tu veux dire?

Barry l'observa durant un moment.

— Allez, Louis. Tami n'habite pas chez elle. J'ai fait sa connaissance il y a quelques mois au centre-ville. Je lui ai dit qu'elle pouvait venir dormir ici.

— Mais… elle m'a dit…

— C'est ce qu'elle raconte à tout le monde. Elle a peur que quelqu'un la dénonce à la police.

— Pourquoi?

— Parce qu'elle a fait une fugue.

Bien sûr, pensa-t-il. Il aurait dû deviner.

— Pourquoi s'est-elle enfuie?

— Tu sais pourquoi les jeunes se sauvent de chez eux? Parce que leurs parents sont des idiots. Pourquoi tu crois que j'habite ici? Mes parents étaient contents que je parte. Mon père et moi, nous nous disputions tout le temps. Parfois, il me frappait. Un jour, j'en ai eu assez et j'ai riposté. Il s'est retrouvé à l'hôpital avec deux côtes cassées. Alors, ils m'ont jeté dehors.

Il se mit à rire.

— J'avais quinze ans à l'époque.

Louis le fixa. Barry riait tellement qu'il en tremblait. Puis, il s'arrêta brusquement. Son sourire s'effaça.

— Si j'avais un jour l'occasion de rencontrer le père de Tami, je le tuerais probablement, dit Barry en serrant les poings.

— Pourquoi? demanda Louis dans un murmure.

— Il abusait d'elle. Sexuellement. Tu comprends?

Louis eut soudain un haut-le-coeur. Il avait déjà entendu parler d'inceste, mais il ne connaissait personne qui en avait été victime.

— J'allais justement emmener le bébé faire une balade, dit Barry en se levant. Tu veux venir?

Louis attendit dehors tandis que Barry emmitouflait le bébé. Puis, Barry sortit en poussant un vieux landau. Il tendit un singe en peluche à l'enfant, qui avait commencé à pleurnicher.

— Ne pleure pas, Penny. Ne pleure pas, ma chérie, disait Barry en poussant le landau d'une main et en chatouillant le menton de la petite fille de l'autre.

En observant Barry, Louis se sentit heureux pour lui. Au moins, il avait quelqu'un à aimer. Mais Tami? À part Barry, qui avait-elle à aimer?

— Je vais t'aider à la retrouver demain, si tu veux, dit soudain Louis.

— D'accord.

Ils se séparèrent au carrefour suivant. Louis rentra à la maison en pensant à Tami et à Barry.

C'était peut-être stupide, mais il ne pouvait comprendre que des parents n'aiment pas leurs enfants. Ses parents l'avaient beaucoup aimé.

Il se sentit triste et, pour la première fois depuis des mois, c'était pour quelqu'un d'autre.

CHAPITRE 17

Ils retrouvèrent Tami à l'arcade une semaine plus tard. Louis aurait dû retourner à l'école le jour précédent, mais il se dit qu'il était plus important de retrouver Tami.

Tami expliqua qu'elle avait trouvé refuge dans un abri pour les jeunes en fugue.

— Mais, Tami, tu n'as pas besoin d'aller là ! Tu sais que tu peux venir chez moi.

— Je voulais juste savoir si je comptais pour toi.

— Tu n'avais qu'à le demander ! dit Barry en haussant le ton.

— Est-ce que tu m'aimes ? demanda-t-elle d'un ton anxieux.

— Oui, je t'aime.

Ils se serrèrent l'un contre l'autre et s'embrassèrent.

Louis détourna le regard. Il se dirigea vers une machine et inséra une pièce de vingt-cinq cents dans la fente, essayant de ne pas les regarder. Une fois la partie terminée, il se retourna. Tami et Barry se tenaient derrière lui.

— Si ça ne t'ennuie pas, commença Barry d'un ton hésitant, euh... nous allons rentrer chez moi. Seulement nous deux. Tu sais, pour discuter.

Tami ricana.

— Bien sûr. Je comprends.

Ils s'éloignèrent, enlacés.

— On se revoit bientôt? cria presque Louis.

— Ouais, bien sûr.

En entrant chez lui, il marcha sur la pointe des pieds. Il voulait seulement se réfugier dans sa chambre et se coucher.

— Louis?

La voix de sa grand-mère retentit.

— Oui?

— Viens ici, dit-elle d'un ton ferme.

Louis entra lentement dans le salon.

Sa grand-mère était assise dans l'un des fauteuils, le dos droit. Son grand-père n'était pas dans la pièce. Il faisait probablement la sieste. Ou peut-être s'était-il passé quelque chose?

— Qu'est-ce qu'il y a?

— Ton ami Joey a téléphoné ce matin.

— Et alors? dit-il, soulagé.

Son grand-père allait bien. Il enleva son blouson et s'effondra dans un fauteuil.

— Il voulait savoir pourquoi tu n'étais pas à l'école hier.

Louis figea.

— J'ai donc téléphoné à l'école, poursuivit-elle, et la secrétaire m'a appris que tu n'étais pas à l'école aujourd'hui non plus.

Louis ne leva pas les yeux. «Trouve vite une excuse», se dit-il.

Finalement, il leva la tête et regarda sa grand-mère droit dans les yeux.

— C'est vrai. Je suis désolé, grand-mère, mais j'avais besoin de temps pour réfléchir. Ça ne se reproduira plus.

Il soupira et baissa la tête.

— Ne me raconte pas d'histoires, dit-elle d'un ton sec. On m'a demandé d'aller à l'école. Et voilà ce qu'on m'a remis.

Elle tenait une pile de papiers. Le sang de Louis ne fit qu'un tour. Il s'agissait des notes rédigées par Tami.

— N'essaie pas de me dire que c'est moi qui ai écrit ces mots, jeune homme. Je suis peut-être vieille, mais je ne suis pas folle. On m'a également dit que quelqu'un avait appelé à plusieurs reprises pour motiver tes absences.

Louis s'enfonça dans le fauteuil en espérant y disparaître.

— Comment as-tu pu me mentir ainsi? Tu avais promis de faire mieux à l'école. On m'a montré ton bulletin; tes notes ont baissé.

Ses mains tremblaient lorsqu'elle posa la pile de notes sur la table à côté d'elle.

— Je suis désolé, grand-mère, marmonna Louis.

— Ça ne suffit pas. Il faut que tu ailles à l'école.

— J'irai, c'est promis.

— J'en ai assez de tes promesses.

— Qu'est-ce que tu veux que je te dise? demanda-t-il en s'agitant dans son fauteuil.

— Rien. Mais je veux que tu écoutes. Dorénavant, si tu manques un seul cours, j'en serai avisée.

— Et qu'est-ce que tu feras? Tu m'enfermeras dans ma chambre et me priveras de souper? rétorqua-t-il.

— Non. Je vais téléphoner au centre de services sociaux.

Louis la dévisagea.

— Tu plaisantes?

— Cette idée ne me plaît pas plus qu'à toi, Louis. Mais honnêtement, je n'ai pas vraiment le choix. Je leur ai déjà parlé.

— De quoi? Tu vas tenter de te débarrasser de moi?

Il se leva.

— Bien sûr que non. Mais on va te donner rendez-vous avec un travailleur social; tu pourras lui confier tes problèmes.

— Je n'ai pas envie de parler. Et je n'ai pas de problèmes.

— Oh! Louis! soupira-t-elle, nous avons tous des problèmes.

— Eh bien! pas moi, cria-t-il.

— D'accord. Prouve-le moi en allant à l'école. Si tu recommences à t'absenter, tu ne me laisseras pas le choix.

Louis lui lança un regard furieux; son corps tout entier tremblait de colère.

— Fais ce que tu veux. Je m'en moque.

Il se précipita dans sa chambre et claqua la porte.

«Pour qui se prend-elle?» ragea-t-il. Et Joey! Ce salaud méritait d'être battu!

Il fit les cent pas dans sa chambre. Il ne voulait pas parler à cet idiot de travailleur social. Et s'il n'allait pas à l'école, on l'enverrait dans une famille d'accueil. Louis avait entendu parler de ces familles. Il n'était pas question qu'il aille vivre avec des étrangers.

Il donna un coup de pied sur quelque chose. Une

carte postale glissa sur le sol. Du courrier? Il n'en recevait jamais. Il ramassa la carte.

Elle venait de son père naturel.

CHAPITRE 18

Louis inspira profondément. Il fixa la carte postale. Sur la photo apparaissait un motel. «Bienvenue à Port Hope», pouvait-on y lire. Louis connaissait cet endroit situé à environ une heure de voiture à l'est de Toronto.

Il retourna la carte. *Joyeux anniversaire, mon gars*, lut-il. Son père s'était souvenu de son anniversaire. C'était seulement dans un mois, mais quand même.

Pour moi, tout va bien. J'ai un contrat de deux semaines ici, à Port Hope. L'endroit où nous jouons apparaît sur le dessus de la carte. J'espère te revoir bientôt — je serai peut-être à Toronto dans deux mois. Michel.

Louis posa la carte. Il se rappelait le jour où il avait rencontré Michel pour la première fois. Cela remontait à l'année précédente. Un homme étrange l'attendait à la sortie de l'école. Il avait d'abord cru qu'il s'agissait d'une de ces crapules dont ses parents lui avaient parlé.

— Laisse-moi te montrer quelque chose, avait dit Michel.

Plongeant la main dans sa poche, il en avait retiré un petit objet bleu et blanc qu'il avait lancé à Louis.

— C'est le bracelet d'identité qu'on t'a mis lorsque tu es né.

Louis ne l'avait pas cru. Finalement, Michel lui avait donné son numéro de téléphone en lui disant qu'il serait heureux d'avoir de ses nouvelles.

La curiosité de Louis l'avait emporté et il avait appelé l'homme quelques jours plus tard. Il voulait connaître son père naturel. Et sa mère? Pourquoi l'avaient-ils donné en adoption? Michel et lui s'étaient donné rendez-vous dans un restaurant en ville.

Michel avait commandé deux laits battus au chocolat.

— C'est amusant que nous aimions tous les deux le lait battu au chocolat. Ça doit être héréditaire.

Louis avait haussé les épaules. Tout le monde aimait le lait battu au chocolat.

C'est alors que Michel lui avait tendu la photo d'une superbe blonde tenant un bébé. Louis avait mis un moment à comprendre qu'il regardait une photo de sa mère naturelle et de *lui*.

— Elle est jolie, n'est-ce pas? avait dit Michel.

— Où est-elle maintenant?

— Je ne sais pas. Nous nous sommes perdus de vue.

Louis fixa la photographie durant un long moment.

— Pourquoi l'avez-vous fait? demanda-t-il calmement. Je veux dire... pourquoi m'avoir donné en adoption?

— Nous avions seize ans. Jamais nous n'aurions pu t'élever correctement. Nous n'étions nous-mêmes que des enfants.

Louis se rappela avoir pensé que Michel n'avait pas l'air vraiment plus vieux maintenant, avec ses jeans, son t-shirt et son lait battu au chocolat. Il aurait eu moins de mal à croire que Michel était son frère aîné.

— Quand nous avons dû te laisser partir, nous avons eu beaucoup de chagrin. Nous nous sommes assurés que tu étais dans une bonne famille. Nous avons rencontré tes parents adoptifs une fois.

— Est-ce que toi et... elle avez déjà songé à ne pas m'avoir?

— Oui. Lorsqu'elle est tombée enceinte, nous avions vraiment peur. Nous voulions prendre la bonne décision, mais nous ne savions pas quoi faire.

Louis avait détourné le regard. Soudain, il s'était senti très triste, sans savoir pourquoi.

— Je suis toujours un enfant! avait dit Michel en riant. Qui d'autre irait de ville en ville pour jouer dans un groupe?

— Tu fais partie d'un groupe?

Louis avait levé les yeux de son lait battu, regardant Michel en face pour la première fois.

— Qu'est-ce que tu joues?

— Du rock, la plupart du temps. Je suis batteur.

— Et moi, je joue de la basse.

— Sans blague! Ça, c'est de l'hérédité.

Louis n'avait pas jugé bon de lui dire que ses parents l'avaient initié très tôt à la musique.

Michel avait invité Louis à aller le voir jouer et Louis avait accepté, même s'il avait dû mentir à ses parents. Il ignorait quelle serait leur réaction.

Joey et Louis s'étaient rendus au club où Michel répétait.

— C'est mon fils, avait annoncé Michel aux autres membres du groupe en voyant Louis entrer dans le bar.

— Il te ressemble, avait dit l'un d'eux.

— Est-ce qu'on devra maintenant t'appeler papa? avait plaisanté un autre.

Mais Louis n'avait pas trouvé ça amusant. Sa curiosité s'était brusquement changée en colère.

— J'appartiens à mon père et à ma mère. Je ne suis pas à lui! avait-il crié.

Quand Michel avait tenté de lui parler, Louis avait reculé.

— Ne t'approche pas! Pourquoi es-tu revenu? Tu gâches tout.

— Je ne veux rien gâcher. Tu comptes pour moi.

— Ouais. Je compte tellement que vous vous êtes débarrassés de moi. J'étais un accident!

Louis avait fouillé dans sa poche et lancé vers Michel le bracelet qu'il lui avait donné.

— Et je ne veux pas de ton stupide bracelet.

À ces mots, il était sorti du club comme un ouragan et avait couru jusque chez lui.

Ses parents avaient appris qu'il avait rencontré Michel lorsque celui-ci avait téléphoné dans la soirée. Ils n'avaient pas été furieux du tout.

— Ça va, Louis, avait dit son père. Tu as parfaitement le droit d'être curieux.

— Bien sûr. C'est tout à fait naturel, avait ajouté sa mère. Je crois que c'est une bonne chose que tu aies fait la connaissance de Michel.

Lorsque Michel avait quitté la ville quelques jours plus tard, Louis s'était presque senti soulagé. Ils s'étaient rencontrés une fois de plus et s'étaient réconciliés, tout en sachant qu'ils ne se verraient pas très souvent.

Louis posa la carte sur sa table de chevet et la fixa durant un long moment. Michel avait pensé à lui. Malgré le fait qu'il n'était pas certain de ses sentiments à l'endroit de son père naturel, cela le réconforta.

Cette nuit-là, Louis fit un rêve. Il se trouvait dans un club qui lui semblait vaguement familier. Un groupe jouait sur la scène. Michel était le batteur.

Soudain, il cessa de jouer, se leva et désigna Louis.

— Hé! c'est mon fils!

— Ton fils? dit l'un des musiciens. Je ne savais pas que tu avais un fils.

— Oui, c'est lui.

Michel sauta en bas de la scène et courut vers Louis, les bras ouverts. Il enlaça Louis.

— Tu es mon fils, tu es mon fils, tu es mon fils, ne cessait-il de répéter.

— Le déjeuner est servi, Louis!

— Tu es mon fils.

— Louis, tu seras en retard à l'école. Et ne crois pas que tu pourras t'esquiver.

— Tu es mon fils.

Au loin, quelqu'un frappait à la porte avec insistance.

— Réveille-toi! cria sa grand-mère en frappant à la porte de sa chambre.

Louis se réveilla. Il était temps de se lever et de faire face à une autre journée d'école.

CHAPITRE 19

Louis repéra Joey devant son casier.

— Hé! Louis!

Le visage de Joey s'éclaira.

— C'est bon de te revoir.

Louis poussa Joey contre son casier.

— Pourquoi ne te mêles-tu pas de tes oignons?

— De quoi parles-tu?

— Tu as appelé ma grand-mère pour lui demander pourquoi je n'étais pas à l'école! Merci beaucoup!

— Je ne voulais pas te causer d'ennuis. J'étais inquiet.

— Laisse tomber, Joey. J'ai de gros problèmes maintenant et c'est ta faute.

— Allez, je ne suis pas le seul à blâmer. Tôt ou tard, elle aurait découvert que tu ne venais pas à l'école. De plus, il faut que tu viennes à l'école.

— Va au diable. Laisse-moi tranquille.

Mais Joey ne semblait pas comprendre le message de Louis.

— Écoute, je sais que tu n'avais pas envie de jouer depuis quelque temps, mais… ça te dirait de faire de la musique de nouveau? Rien de sérieux. Juste toi, Anguille et moi.

Louis eut presque pitié de Joey. Ce groupe stupide était tellement important à ses yeux.

— C'est non.

— Si tu essayais, je parie que tu te sentirais mieux.

«Ce cher Joey, pensa Louis. Têtu comme une mule et parfois aussi stupide.»

— Joey, il n'y a aucune chance que je fasse partie de ton groupe idiot, d'accord? J'ai vendu ma basse.

Joey demeura bouche bée.

— Tu as quoi? murmura-t-il.

— J'ai vendu ma guitare. En fait, je l'ai vendu à un prêteur sur gages. J'avais besoin d'argent.

— Pour quoi? Tu prends de la drogue? demanda Joey, furieux.

— Ouais, c'est ça. Je prends de la drogue, répondit Louis d'un ton sarcastique.

Ils se trouvaient devant sa classe et Louis entra sans le saluer.

Joey, cependant, n'était pas si facilement décontenancé. Il le suivit dans la classe et s'assit sur son pupitre.

— Tu ne prends pas vraiment de drogue, n'est-ce pas? demanda-t-il, le front plissé par l'inquiétude.

— Bien sûr que non. Mais qu'est-ce que ça peut bien te faire?

Le visage de Joey se durcit. Durant un moment, Louis crut qu'il allait le frapper.

— Je suis ton ami, idiot. Si tu cessais d'être si égoïste, tu t'en apercevrais.

Joey descendit du pupitre et se dirigea vers la porte.

— Je n'ai pas besoin de toi comme ami, Jeremiah. J'ai de nouveaux amis.

— Tant mieux, lâcha Joey brusquement. J'espère que tu es plus gentil avec eux qu'avec tes vieux amis.

— Au moins, ils ne cafardent pas contre moi.

— Au moins, je m'inquiète pour toi.

— Qui t'a demandé de t'inquiéter ?

— On n'a pas besoin de demander à un ami de s'inquiéter, imbécile.

— Nous ne sommes plus amis, alors tu peux cesser de t'en faire, dit Louis. J'ai changé, Joey. Mets-toi ça dans la tête.

Les deux garçons se fixèrent durement durant un long moment.

— Tu essaies de me blâmer pour tout ce qui t'arrive, dit Joey en secouant la tête. Tu te comportes comme un salaud. Si c'est le nouveau Louis, je ne veux plus être ton ami.

Sur ce, Joey quitta la classe.

Louis avait tellement de retard dans toutes ses matières qu'il ne savait plus où il en était. Il essayait d'être attentif et de prendre des notes, mais à la fin de chaque cours, il constatait qu'il n'avait pas entendu un mot de ce que le professeur avait dit. Il se sentait comme un animal en cage et Tami et Barry lui manquaient.

Mais il ne s'absenta pas de l'école. Sa grand-mère lui avait fait peur. Il ne tenait pas tellement à habiter avec ses grands-parents, mais c'était quand même mieux que de vivre avec des étrangers.

Une fois par semaine, Louis et les autres élèves du secondaire III se rendaient à l'école Borden pour leur cours d'économie domestique. Louis détestait cela. Certains élèves plus âgés persistaient à les taquiner, malgré le fait qu'on était maintenant en janvier.

Un mercredi, Louis marchait dans un couloir de l'école Borden avec Anguille. Ils se rendaient à leur local.

— Quelle couleur as-tu choisie? demanda Anguille.

Leur plus récent devoir consistait à confectionner un pantalon en coton ouaté.

— Aucune, répondit Louis en haussant les épaules.

— Moi, j'ai opté pour le bleu marine. On ne peut pas se tromper avec cette couleur.

Louis et Anguille se turent en apercevant un groupe d'élèves plus âgés devant eux. Mick, un garçon musclé et costaud, regardait dans leur direction.

— Hé! les bébés! Pourquoi ne retournez-vous pas à la garderie Degrassi?

— Ils devraient, dit un autre élève. Quelqu'un doit changer leur couche.

— Très drôle, marmonna Anguille.

— Celui-ci parle! Étonnant!

Soudain, Louis sentit une main se poser sur son épaule. C'était Mick.

— Je me demande si celui-là parle aussi.

Louis repoussa sa main.

— Ne me touche pas.

— Tu veux te battre, mon dur? demanda Mick d'un air méprisant en posant de nouveau sa main sur l'épaule de Louis.

— Laisse tomber, Louis, dit Anguille. Allons-nous-en. Ça n'en vaut pas la peine.

Louis savait qu'il avait raison. Mick était deux fois plus gros que lui.

— Va au diable, parvint-il à marmonner tandis qu'Anguille et lui s'éloignaient.

— Je crois que tu l'as rendu furieux, dit l'un des copains de Mick.

— Qu'est-ce que vous allez faire? cria Mick. Rentrer à la maison et tout raconter à votre maman et à votre papa?

Louis s'arrêta net, les poings serrés. Puis, il se retourna, se précipita sur Mick et le projeta au sol.

Il se mit à le frapper de toutes ses forces. Il se sentait bien. Terriblement bien. Sa main saignait, mais il s'en moquait. Il continua à frapper encore et encore.

Mais cela ne pouvait pas durer. Mick retrouva ses esprits et, utilisant toute sa force, fit basculer Louis sur le dos. Il leva le bras et Louis regarda, abasourdi, l'énorme poing s'abattre sur son visage. Il ressentit une douleur lancinante.

— Arrêtez! Ça suffit comme ça! entendit-il un professeur crier. Quelqu'un le remit sur ses pieds.

— Descendons au bureau du directeur, dit une voix furieuse.

Il se laissa guider dans le corridor. Un goût salé emplissait sa bouche et il se rendit compte que c'était du sang. Mais il s'en moquait.

Il se sentait bien.

CHAPITRE 20

— Hé! Louis! Il y a longtemps qu'on t'a vu dans le coin.

Barry et Tami se tenaient à l'extérieur de l'arcade. C'était un jour glacial de janvier et Tami tremblait dans son blouson en jean, les mains enfouies dans ses poches.

Après la bagarre avec Mick, la grand-mère de Louis avait été convoquée à l'école. Louis avait cru qu'elle serait furieuse, mais elle s'était contentée de le regarder avec pitié.

Aujourd'hui, il lui avait dit qu'il allait à l'école, mais il savait qu'il n'en ferait rien. Il se moquait de ce que sa grand-mère ferait. Il détestait l'école.

— Je t'ai apporté quelque chose, dit Louis en regardant Tami.

Il retira un paquet de son sac à dos.

— C'est un cadeau de Noël en retard.

Tami prit le paquet d'un air hésitant, puis l'ouvrit.

— Une écharpe. C'est vraiment gentil, Louis.

— C'est de la soie véritable, fit remarquer Louis.

Lorsque Louis et sa grand-mère étaient revenus de l'école l'autre jour, il avait trouvé les vêtements de ses parents éparpillés dans le salon.

— Qu'est-ce que tu veux en faire? avait-il demandé d'une voix tremblante.

— Je trie les vêtements de tes parents, avait-elle répondu d'un ton neutre. Ça devra être fait, tôt ou tard.

— Tu ne vas pas les jeter?

— Non. J'irai les porter à une oeuvre de charité. Tout est en bon état.

— Tu vas laisser des étrangers porter leur linge?

— Louis, qu'est-ce que tu veux que je fasse? avait-elle demandé en se laissant tomber dans un fauteuil et en retirant ses chaussures. On ne peut garder tout ça éternellement.

— Je ne sais pas, avait-il marmonné. Ça ne me paraît pas correct.

Sa grand-mère l'avait observé durant un instant.

— S'il y a quelque chose que tu aimerais garder ou donner...

— Non, avait-il répondu sèchement.

Cependant, lorsqu'elle était allée préparer le souper, Louis avait fouillé parmi les piles de vêtements, s'emparant d'un vieux chandail de son père et de l'écharpe de soie qu'il avait offerte à sa mère pour Noël.

Le chandail se trouvait plié sur une tablette de sa chambre. L'écharpe était maintenant dans les mains de Tami.

— Ça ressemble à une écharpe de vieille dame, dit Tami en plissant le nez à la vue du motif à fleurs.

— Elle est magnifique, protesta Louis. Et c'est un cadeau. Alors pourquoi ne te contentes-tu pas de me remercier au lieu de me mettre mal à l'aise?

Tami le dévisagea.

— J'apprécie vraiment ton geste.

— Tu vas la porter?

— Bien sûr.

Elle l'enroula autour de son cou.

— Tu as raison, dit Barry en l'observant. C'est une écharpe de vieille dame.

Il éclata de rire en voyant la mine de Louis.

— Je plaisantais, vieux. Tu dois admettre que le gris et le rose contrastent pas mal avec ses cheveux orangés.

— J'ai faim, annonça soudain Tami. Tu as de l'argent?

Louis secoua la tête.

— Je ne suis pas une banque.

— Ce que tu peux être susceptible aujourd'hui! fit remarquer Tami. De toute façon, ça ne pose pas de problème. Allons au dépanneur.

Une bouffée d'air chaud les accueillit lorsqu'ils entrèrent dans le magasin. Tami se mit à arpenter les allées, prenant des articles sur la tablette et les remettant apparemment à leur place. Louis savait pourtant qu'elle devait avoir déjà enfoui quelques articles dans ses poches.

Il se promena au hasard dans une allée et contempla un étalage de tablettes de chocolat. La caissière était absorbée dans la lecture d'un magazine de mode. Louis regarda dans l'allée. Elle était vide. Il s'empara d'une tablette de chocolat et la fourra dans sa poche.

«Idiot, se dit-il intérieurement, tu n'aimes même pas cette sorte.» Il saisit une autre tablette et la cacha dans son blouson. Puis, il sortit du dépanneur.

Tami et Barry le rejoignirent quelques minutes plus

tard, retirant des canettes de boisson gazeuse et des croustilles de sous leur manteau.

Louis exhiba ses tablettes de chocolat d'un air triomphant.

— Regardez, dit-il en souriant.

— Fantastique ! dit Tami d'un ton moqueur. Deux tablettes de chocolat !

Louis se sentit rougir.

— Et alors ? dit-il. Je n'avais jamais volé auparavant.

— C'est évident, dit Barry.

— Je sais ce que je veux faire, dit Tami. J'ai besoin d'un manteau neuf. Il y a une boutique près d'ici où l'on vend des blousons de cuir et où il n'y a presque aucune surveillance.

Louis les suivit jusqu'au magasin. Une fois à l'intérieur, il se sentit mal à l'aise ; il avait envie de rentrer chez lui.

Soudain, il sentit une petite main lui saisir le bras. C'était Tami. Elle se pencha et murmura quelque chose à son oreille.

— Tu veux me prouver que tu es quelqu'un ? J'aimerais vraiment, vraiment avoir l'un de ces blousons.

Elle lui donna un rapide baiser dans l'oreille ; Louis frissonna. Puis, elle s'éloigna.

Louis la fixa durant un moment. Puis, il se dirigea vers un étalage de blousons de cuir, en prit trois et se rendit dans une cabine d'essayage à l'arrière.

Lorsqu'il ressortit, il n'avait plus que deux blousons. Tami et Barry erraient toujours dans le magasin.

Louis remit les deux blousons à leur place et se dirigea vers la sortie.

Il retint son souffle en franchissant les quelques mètres qui le séparaient de la porte. Puis, il l'ouvrit et se retrouva à l'extérieur.

«J'ai réussi!» se dit-il. Il s'éloigna aussi naturellement que possible du magasin, mais il ne pouvait s'empêcher de sourire. Tami l'embrasserait peut-être encore une fois. Peut-être déciderait-elle même qu'elle l'aimait plus que Barry et...

Une main le saisit soudain par le bras. Louis se retourna, l'air triomphant, s'attendant à voir Tami et Barry.

C'est plutôt le visage d'un garde de sécurité qui apparut devant ses yeux.

— Allez, viens avec moi, dit l'homme.

Il entraîna Louis vers la boutique.

À cet instant, Tami et Barry sortirent du magasin.

— Hé! leur cria Louis.

Ils se retournèrent et le regardèrent, puis aperçurent le garde de sécurité.

Alors, sans un mot, ils se mirent à courir aussi vite qu'ils le pouvaient dans l'autre direction.

CHAPITRE 21

— Tu te rends compte que tu auras maintenant un casier judiciaire?

Sa grand-mère serrait le volant si fort que Louis pouvait voir les veines saillantes sur ses mains.

— Tout sera effacé quand j'aurai dix-huit ans, grommela-t-il.

— Et cela devrait me réconforter?

Elle criait maintenant.

— Je ne peux plus supporter ça, Louis. Je ne sais plus quoi faire de toi. Tu n'aides pas à la maison. Tu es impoli avec moi. Et tu es si distant que cela me fait peur. Je ne sais pas ce qui se passe dans ta tête.

Louis demeura muet. Lorsque sa grand-mère était arrivée au magasin, elle était furieuse et blessée. Maintenant, elle était seulement furieuse.

Le propriétaire de la boutique avait porté plainte, malgré les supplications de sa grand-mère. Elle lui avait dit à propos de ses parents, mais il s'en moquait. La police était arrivée et on l'avait accusé de vol. Il devrait comparaître dans quelques jours pour connaître la date de son procès.

— Je ne sais plus du tout ce que je dois faire, Louis. J'ai besoin d'aide.

— Qu'est-ce que tu essaies de me dire ?

— Je vais téléphoner au centre de services sociaux en rentrant à la maison, dit-elle doucement.

— Quoi ? Tu vas te débarrasser de moi ?

— Non, non, dit-elle rapidement. Je ne veux pas que tu partes. Mais j'ai besoin d'assistance. Je vais leur demander d'envoyer un travailleur social pour discuter avec toi.

— Je ne veux pas parler à un travailleur social.

— Tu as besoin d'aide, que tu en sois conscient ou non.

— Je ne suis pas fou. Il n'est pas question que je parle à un travailleur social.

Elle donna un coup de poing sur le volant.

— Tu n'as pas le choix.

— En d'autres mots, si je ne lui parle pas, on me placera en famille d'accueil, c'est ça ?

— C'est la dernière chose au monde que je souhaite, mais je ne sais plus quoi faire.

Ses yeux s'emplirent de larmes.

— Essaie de comprendre. C'est une période difficile pour moi aussi.

La voiture s'engagea dans l'allée. Louis ouvrit la portière avant même que la voiture se soit immobilisée. Il descendit et jeta un regard furieux à sa grand-mère.

— Je te déteste, dit-il.

— Ne dis pas ça, Louis. Je t'en prie, ne dis pas ça.

Les larmes ruisselaient sur son visage.

— Je te déteste ! cria-t-il avant de tourner les talons et de se précipiter dans la maison.

Une fois dans sa chambre, il s'assit sur le bord de

son lit et regarda dans le vide. Comment Tami et Barry pouvaient-ils l'abandonner ainsi?

« Parce qu'ils s'en moquent, voilà pourquoi, pensa-t-il. Tout le monde s'en moque. »

Quelque chose attira son attention sur sa table de chevet.

La carte postale de Michel. Il la saisit. *Pour moi, tout va bien. J'ai un contrat de deux semaines ici, à Port Hope. L'endroit où nous jouons apparaît sur le dessus de la carte...*

Louis retourna la carte et fixa la photo du motel.

Il savait ce qu'il allait faire.

CHAPITRE 22

— Oui, je comprends.

Louis entendit sa grand-mère parler au téléphone avec quelqu'un du centre de services sociaux.

Il se renfrogna. «Je vais lui montrer», marmonna-t-il intérieurement.

Le vieux sac de voyage que sa mère lui avait offert se trouvait sur son lit. Il y avait enfoui des vêtements, sa brosse à dents et quelques magazines de musique. Il était également parvenu à prendre un peu de nourriture dans le réfrigérateur.

Quatorze heures. Dans le salon, sa grand-mère était toujours au téléphone avec le travailleur social.

Il allait sortir de sa chambre lorsqu'il songea à quelque chose. Il revint sur ses pas, s'empara du vieux chandail de son père et l'enfila. Il avait encore l'odeur de son père — l'odeur de sa lotion après-rasage et de ses cigares.

Il retira une petite boîte de sous son lit. Elle contenait les alliances de ses parents et quelques photos. Il prit l'une d'elles et la regarda. Elle avait été prise l'été précédent, à la plage. Sa mère et son père se tenaient de chaque côté de lui, un bras autour de ses épaules. Ils riaient. Louis se rappela qu'ils venaient tout juste de terminer une partie de frisbee.

Il laissa les autres photos et les alliances à leur place et enfouit la photo dans la poche arrière de son jean. Puis, il se précipita dans le vestibule et mit son manteau, son foulard et ses mitaines. Il s'empara également d'une tuque et la fourra dans son sac.

Il se retourna et regarda l'endroit où ses parents et lui avaient vécu durant quatorze ans. Mais ils étaient partis et c'était maintenant à son tour de s'en aller.

— Au revoir, murmura-t-il en refermant doucement la porte derrière lui.

CHAPITRE 23

— L'aller pour Port Hope coûte quinze dollars.

— Quinze?

Louis se tenait devant le guichet du terminus du centre-ville. Il compta son argent — seulement onze dollars.

— Allez, mon jeune. Il y a une file derrière toi.

Louis alla s'asseoir dans la salle d'attente, réfléchissant. Puis, il prit une pièce de vingt-cinq cents dans sa poche et se dirigea vers un téléphone public.

Il composa le numéro d'Anguille et laissa sonner longtemps. Pas de réponse.

Il raccrocha. Il n'avait pas le choix. Il n'y avait qu'une autre personne qu'il pouvait appeler.

Il eut du mal à se souvenir du numéro.

— Allô?

— Joey, c'est Louis.

Silence.

— Joey?

— Je suis là.

— Écoute, commença Louis. J'ai besoin d'argent. Pas beaucoup, seulement cinq dollars.

— Pour quoi faire?

— Je ne peux pas te le dire.

— Alors oublie ça.

— D'accord, d'accord, dit rapidement Louis. Je vais rendre visite à Michel, mon père naturel. J'ai besoin d'argent pour payer mon billet d'autobus.

— Ta grand-mère est au courant?

— Bien sûr.

— Tu mens. Elle t'aurait donné l'argent.

— D'accord, c'est vrai qu'elle n'est pas au courant, dit Louis, exaspéré. Je ne peux plus la supporter. Il faut que je parte.

— Alors, tu fais une fugue.

— Je m'en vais vivre avec mon père naturel. C'est différent.

— Sait-il que tu vas le rejoindre?

— Bien sûr.

— Tu penses vraiment que je vais croire ça? Il t'aurait envoyé l'argent pour le trajet.

— Très bien, il ne sait rien non plus. Ça n'a pas d'importance.

— Et s'il ne voulait pas de toi là-bas?

Ce fut au tour de Louis de demeurer silencieux. Il n'avait pas songé à ça. Mais bien sûr que Michel voudrait de lui! Il était son père.

— Écoute, tu me prêtes l'argent ou non? J'ai déjà tenté de rejoindre Anguille.

— Anguille est ici.

— Vous pourriez venir ici, alors, insista Louis.

Joey hésita.

— Écoute, même si je voulais te prêter l'argent, je n'en ai pas.

— Alors demande à Anguille, dit Louis. Je t'en prie.

— D'accord. Donne-moi dix minutes. Je vais voir ce que je peux faire.

— Joey? dit Louis avant de raccrocher. Merci.

Une autre voiture passa devant lui à toute allure. Faire de l'auto-stop n'était pas aussi facile qu'il l'avait cru.

Joey et Anguille ne lui avaient remis que deux dollars. Louis avait alors décidé de prendre l'autobus jusqu'à Pickering et de faire ensuite de l'auto-stop.

Il se trouvait maintenant sur l'autoroute depuis plus d'une heure et la seule personne qui s'était arrêtée ne lui avait fait parcourir que dix kilomètres avant de quitter l'autoroute.

Il regarda sa montre. Seize heures. Il n'arriverait pas à Port Hope avant la tombée de la nuit.

Une petite voiture bleue s'immobilisa. Louis courut vers la portière du côté du passager et regarda à l'intérieur.

Un jeune homme conduisait. La radio crachait de la musique «heavy metal».

— Où vas-tu? demanda le conducteur.

— À Port Hope.

— Je peux t'emmener jusqu'à Ajax. Est-ce que tu aimes la musique à plein volume?

— Ça ira, dit Louis en haussant les épaules.

Il ouvrit la portière et monta. La voiture se remit à rouler.

— Tu habites Ajax? cria Louis pour couvrir la musique.

— Oui. Je travaille pour une entreprise de construction au centre-ville. Et toi, que vas-tu faire à Port Hope ?

— J'ai des parents là-bas.

— Je me demande ce qu'ils diraient s'ils savaient que tu fais de l'auto-stop.

— Ils sont cool.

— Il n'y a rien de cool à faire de l'auto-stop. C'est dangereux.

— Pourquoi t'es-tu arrêté, alors ?

— Parce que j'ai fait de l'auto-stop quand j'avais ton âge. De plus, tu as l'air plutôt inoffensif.

Une fois à Ajax, le conducteur s'arrêta sur le bord de la route.

— Écoute, je ne veux pas te sermonner, dit-il alors que Louis s'apprêtait à descendre, mais sois prudent. Il y a plus de gens malhonnêtes qu'on ne le croit.

— Merci, dit Louis.

Il regarda la voiture s'éloigner. Le soleil allait bientôt se coucher et Louis avait froid et... un peu peur. Pourquoi avait-il fallu que le jeune homme le mette en garde ?

Il leva le pouce de nouveau.

Peu de temps après, une familiale s'arrêta. Le conducteur était un homme d'affaires. Il portait complet et cravate et son porte-documents se trouvait sur la banquette arrière.

— Merci de vous être arrêté, dit Louis.

— Où vas-tu, jeune homme ?

— À Port Hope.

— J'y vais aussi. Monte.

— Quel est ton nom? demanda l'homme lorsque la voiture se mit à rouler.

— Louis.

— Pourquoi vas-tu à Port Hope? Tu rentres chez toi?

— Peut-être. Je vais retrouver mon père naturel. Mais il ne sait pas que je vais le rejoindre.

— N'es-tu pas un peu jeune pour voyager seul? Quel âge as-tu?

— J'aurai quinze ans bientôt.

— Tu as une petite amie? demanda l'homme.

— Non.

— Les filles ne t'intéressent pas?

— Bien sûr, répondit Louis, mal à l'aise.

— Alors, tu n'as jamais…

— Non, répondit Louis en essayant de rire.

— Tu devrais. C'est agréable.

Louis regarda l'homme du coin de l'œil. Il n'avait pas l'air si respectable, après tout. En fait, il aurait même pu être une crapule.

— Et vous, que faites-vous comme travail? demanda Louis.

— Je suis vendeur. Je voyage beaucoup.

— C'est intéressant.

— Parfois oui, parfois non. C'est souvent ennuyant de rouler seul.

Soudain, l'homme tourna à droite et s'engagea dans une petite route. Il n'y avait que des champs de chaque côté de la route. Il commençait à faire noir.

— Où allons-nous? demanda Louis en essayant de se maîtriser.

— J'ai des livraisons à faire. Ça ne sera pas long.

«Il dit peut-être la vérité, après tout» pensa Louis.

— Hé! Tu entends ça?

— Quoi?

— Le moteur. Quelque chose ne va pas. Je ferais mieux de m'arrêter pour vérifier.

L'homme immobilisa la voiture et éteignit le moteur. Toutefois, il ne descendit pas. Il se contenta de détacher sa ceinture de sécurité et regarda Louis.

«Oh non!» se dit Louis en essayant d'éviter le regard de l'homme.

— Vous n'allez pas vérifier le moteur? parvint-il à demander.

— Tu sais, Louis, tu es un jeune homme séduisant.

L'homme glissa sur la banquette de vinyle et posa sa main sur le genou de Louis.

Louis figea.

— Qu'est-ce que vous faites? murmura-t-il.

— Détends-toi, dit l'homme d'un ton doux et paternel. Ça ne fait pas mal, n'est-ce pas? Allez...

«Tu dois faire quelque chose!» cria-t-il intérieurement. Mais il était paralysé. «Calme-toi, calme-toi, se dit-il. L'homme n'est pas très costaud. Tu dois seulement retrouver tes esprits.»

Il tenta de repousser la main de l'homme, mais ce dernier resserra son étreinte.

— Tu as des jambes musclées, dit l'homme en remontant le long de la cuisse de Louis.

Louis fit un mouvement brusque vers l'homme, retrouvant soudain toute son énergie, et tenta de lui mettre les doigts dans les yeux. Le conducteur fut pris par surprise et Louis ouvrit la portière.

L'homme lui saisit le poignet. Louis prit ses clés

dans la poche de son blouson et en donna des coups sur les jointures de l'homme. Celui-ci gémit de douleur et retira sa main.

Louis descendit de la voiture. Il ramassa une pierre qui se trouvait le long de la route et la lança violemment sur la voiture.

— Laissez-moi tranquille ! cria Louis en s'emparant d'une autre pierre.

L'homme jeta le sac de Louis par la portière ouverte, fit démarrer le moteur et s'éloigna en faisant crisser les pneus, laissant un nuage de poussière derrière lui.

Louis s'effondra dans le fossé, ne se rendant même pas compte que la neige mouillait son jean. Il tenta de retrouver son souffle et s'efforça de se calmer, heureux d'être encore en vie.

CHAPITRE 24

— Hé! regarde où tu vas!

Une voiture klaxonna. Louis avait failli traverser alors que le feu était rouge. Mais un panneau disait: «Bienvenue à Port Hope.»

Il avait passé la nuit dans un hangar abandonné près de l'endroit où l'homme l'avait laissé. Il n'avait pas beaucoup dormi, essayant surtout de se tenir au chaud et de se calmer.

Le jour venu, il s'était dirigé vers Port Hope, qui se trouvait à environ une heure de marche. Louis était prêt à marcher toute la journée s'il le fallait. L'auto-stop, c'était fini.

— Je peux t'aider? demanda un homme à l'air sévère à la réception du motel où jouait Michel.

— Je cherche Michel Nelson. Il joue dans le groupe qui donne son spectacle ici.

L'homme le regarda d'un oeil soupçonneux.

— Je suis son fils, ajouta-t-il.

— Oh! D'accord. Chambre 7. Tu passes cette porte et tu montes l'escalier.

Louis se dirigea lentement vers le premier étage. Il trouva la chambre 7 et frappa.

Puis, il commença à paniquer. Il n'avait pas la moindre idée de ce qu'il allait dire. Peut-être pourrait-il rebrousser chemin et...

— Qui est là ? demanda une voix bourrue et ensommeillée.

« Il dormait, pensa Louis. Bien sûr, il n'est que huit heures. »

— C'est moi, Louis, parvint-il à répondre.

Il crut entendre des murmures. Puis, la porte s'ouvrit.

Michel se tenait dans la porte, en short. Ses cheveux étaient emmêlés et il avait une barbe de quelques jours.

— Louis, qu'est-ce que tu fais ici ? demanda-t-il.

Il ne souriait pas.

— ... Je suis venu te voir, dit Louis en serrant son sac contre sa poitrine.

— Où sont tes parents ?

— Ils sont morts, répondit-il. Ils ont été tués dans un accident de voiture l'automne dernier.

« L'automne dernier... comme c'est étrange, pensa Louis. Dit comme ça, ça a l'air très loin. »

— Désolé... je ne savais pas.

Pour la première fois, Louis crut voir le visage de Michel se détendre.

— Où habites-tu ?

— Avec mes grands-parents.

— Alors, qu'est-ce que tu fais ici ?

— Je suis venu te voir. J'ai cru que peut-être...

« ... je pourrais vivre avec toi, voyager avec toi. » Voilà ce qu'il voulait dire. Mais il fut interrompu.

— Michel, dit une voix féminine engourdie de sommeil.

— Euh... tu as déjeuné ? demanda rapidement Michel.

— Non.

— Attends-moi en bas. Je... je te rejoins dans une minute.

La porte se referma. Louis les entendait murmurer.

— Qui était-ce ?

— Louis, mon fils.

— Ton fils ?

Ils baissèrent le ton et Louis ne put entendre ce qu'ils disaient. Il descendit, se laissa tomber sur une chaise en vinyle et attendit son père.

Lorsque Michel arriva enfin, il semblait encore à moitié endormi. Il portait un t-shirt dont les manches avaient été coupées et une paire de vieux jeans.

— Où sont tes grands-parents ? demanda-t-il en regardant dans le hall.

Louis inspira profondément.

— Ils ne savent pas que je suis ici. Je suis venu seul.

— Alors comment es-tu venu ?

— J'ai fait de l'auto-stop et j'ai marché.

Il vit l'expression de Michel changer.

— Tu as fait une fugue ?

Louis ne put qu'acquiescer.

— Ils doivent être terriblement inquiets !

— Non, répondit Louis, la gorge serrée. Ils ne veulent pas de moi.

Michel se mit à arpenter le hall, passant ses mains dans ses cheveux en désordre.

— Louis, tu dois les appeler. Il faut que tu leur dises que tu vas bien.

— Si je les appelle, est-ce que je pourrai rester? demanda Louis.

— Si tu leur téléphones, nous discuterons. Hé! Lloyd! cria Michel à l'homme qui se trouvait à la réception. Ça t'ennuie que mon fils utilise le téléphone? C'est un interurbain, mais je le paierai.

Louis prit le téléphone et composa le numéro.

Sa grand-mère répondit à la première sonnerie.

— Allô? dit-elle d'une voix anxieuse.

— Bonjour grand-mère, c'est moi.

— Oh! Louis! Dieu merci! Où es-tu? Tu vas bien?

— Je vais bien, grand-mère.

— Quand rentres-tu à la maison?

Louis regarda Michel, qui lui fit signe qu'il se rendait à la salle à manger. Louis attendit qu'il fut parti.

— Je ne rentre pas. Et je ne peux te dire où je me trouve. Alors ne me cherche pas.

— Louis, ton grand-père et moi nous inquiétons tellement. Dis-moi où tu es, dit-elle en montant le ton. Tu dois me dire où tu es.

— Au revoir, grand-mère.

Il sourit afin que Llyod, qui l'observait, ne soupçonne rien.

— Louis, ne raccroche pas!

Il raccrocha, saisit son sac et se dirigea vers la salle à manger. Il devait maintenant convaincre Michel de le garder.

CHAPITRE 25

Deux tasses de café se trouvaient déjà sur la table lorsque Louis rejoignit Michel. La salle à manger était beaucoup plus grande que ne l'aurait cru Louis. De longues tables étaient alignées le long du mur et au fond de la salle, mais le centre de la pièce était vide, faisant office d'une immense piste de danse.

Les instruments des musiciens étaient éparpillés sur la scène en avant.

— Alors ? dit Michel.

Il semblait tendu.

— Ils ont dit que je pouvais rester.

— Ils n'étaient pas inquiets ?

— Ils sont cool, mentit Louis. Alors, je peux rester ?

Michel avala une longue gorgée de café et posa sa tasse sur la table. Il paraissait sur le point de répondre, mais il reprit sa tasse et but une autre gorgée.

Louis fouilla dans sa poche et en retira la carte postale que Michel lui avait fait parvenir.

— Regarde. Tu me l'as envoyée. Ça ne voulait donc rien dire ?

— Bien sûr, mais…

Michel s'agita sur sa chaise.

— Je peux aider le groupe. Transporter des choses.

Michel ne disait toujours rien.

— Je t'en prie. Tu es mon véritable père. Je n'ai nulle part d'autre où aller.

Michel leva enfin les yeux, mais il évitait toujours son regard.

— D'accord, mais seulement aujourd'hui. Après, il faudra trouver un autre arrangement.

Louis s'appuya contre le dossier de sa chaise. Il lui faudrait montrer à Michel à quel point ce serait agréable de l'avoir avec lui. Il pourrait donner un coup de main ce soir et peut-être même faire la lessive pour les musiciens.

— Écoute, j'ai des choses à faire, dit Michel. Reste ici, d'accord ?

Louis fit un signe affirmatif. Michel s'apprêtait à quitter la salle à manger.

— Euh... quand seras-tu de retour ? lui cria Louis.

— Tout à l'heure.

Et il partit.

Une femme de ménage entra dans la pièce et jeta un regard soupçonneux à Louis avant de brancher son aspirateur et de commencer à nettoyer.

L'estomac de Louis se mit à gargouiller. Michel ne lui avait même pas payé de petit déjeuner.

CHAPITRE 26

Il était passé midi et Michel n'était toujours pas revenu. Louis avait lu ses magazines et mangé ce qu'il lui restait de nourriture ; il avait également dormi, couché sur quatre chaises de la salle à manger.

Il ne quittait pas des yeux la basse qui était appuyée contre un mur sur la scène. Elle était magnifique.

Il marcha jusqu'à la scène et contempla la guitare. Il regarda autour de lui. Il n'y avait personne en vue, même pas la femme de ménage.

Il sauta sur la scène et prit l'instrument. Sans allumer l'amplificateur, il joua quelques mélodies improvisées.

— Qu'est-ce que tu fais là ? Pose ça ! dit soudain une voix furieuse dans l'embrasure de la porte.

Louis leva les yeux et vit un homme se diriger vers lui. Il devait avoir l'âge de Michel.

— Désolé, je ne faisais que la regarder, marmonna-t-il.

— Comment es-tu entré ici ? Tu te crois tout permis ?

— Je n'ai rien brisé, répondit-il.

— Va-t'en ! Ce n'est pas un endroit pour les enfants.

— Calme-toi, Josh. C'est mon fils.

Louis leva les yeux et aperçut Michel dans l'entrée. «Il était temps», se dit-il.

Josh regarda Louis, puis Michel.

— C'est vrai?

Michel acquiesça. Josh se tourna vers Louis.

— Désolé, dit-il d'un ton bourru. J'ai cru que tu n'étais qu'un voyou. Mais ne touche pas à l'équipement, d'accord?

— Je ne briserais rien. Je joue aussi de la basse.

— Ah oui? fit Josh en souriant.

— Ouais, répondit Louis en souriant à son tour. J'ai joué pendant plus d'un an.

Michel et Josh échangèrent un regard.

— Plus d'un an? Tu es un vrai pro, alors.

Josh se mit à rire. Louis regarda Michel, mais constata, horrifié, que celui-ci riait aussi.

Louis fixait Michel, le visage enflammé.

— Tu ne m'avais rien dit à propos de lui, dit Josh à voix basse.

Une femme entra dans la salle à manger. Elle avait l'air jeune, dans la vingtaine. Elle était enceinte. Son t-shirt ample ne parvenait pas à camoufler son ventre énorme. Louis ne put s'empêcher de la fixer. Elle semblait sur le point d'éclater.

La femme le regarda à son tour et Louis baissa rapidement les yeux. Mais, du coin de l'oeil, il la vit marcher vers la scène et prendre le bras de Michel.

Michel l'enlaça et l'entraîna vers Louis. Était-ce la femme qu'il avait entendue dans la chambre de Michel? Louis avait cru qu'il ne s'agissait que d'une aventure d'un soir.

— Louis, voici Maggie.

Maggie sourit froidement.

— Bonjour.

— Salut, marmonna Louis.

— Nous allons nous marier, annonça Michel avec fierté.

Louis leva brusquement la tête et dévisagea Michel.

— Mais… elle est enceinte.

— Je sais que c'est la coutume de se marier d'abord, dit Michel en riant, mais je ne fais jamais rien comme les autres.

Louis ne savait pas quoi dire. Il ne pouvait détacher son regard du ventre de Maggie.

— Je meurs de faim, dit soudain Michel. Vous avez envie d'une pizza? Hé, Josh, tu veux de la pizza?

— Bien sûr! cria celui-ci sur la scène.

— Fromage, anchois… Tu aimes sûrement les anchois, Louis?

— Vous allez le garder, n'est-ce pas? demanda Louis sans cesser de fixer le ventre de Maggie.

— Quoi? demanda Michel, perplexe.

— Le bébé! dit Louis. Lorsqu'il sera là, tu ne vas pas t'en débarrasser comme tu l'as fait avec moi?

— Ça ne s'est pas passé comme ça, dit Michel en enfouissant les mains dans ses poches et en baissant les yeux au sol.

— Non?

— Non. Cindy et moi, nous étions trop jeunes. Nous n'étions pas prêts à être parents.

Louis secoua la tête.

— Louis, écoute. Nous avions seize ans.

— Crois-tu que tu ferais un bon père à ton âge?

intervint Maggie. Ce ne serait pas honnête envers l'enfant.

— Je ne le rejetterais pas.

— Nous ne t'avons pas rejeté, protesta Michel. Nous nous sommes assurés que tu te trouvais dans une bonne famille.

— Louis? dit une voix familière dans l'embrasure de la porte.

Sa grand-mère. Comment diable avait-elle découvert l'endroit où il se trouvait?

— Qui est-ce? demanda Michel, troublé.

— C'est ma grand-mère.

Celle-ci se précipita vers la table et saisit le visage de Louis dans ses mains.

— Je suis si heureuse de t'avoir retrouvé. Tu vas bien?

— Je vais bien, répondit-il.

Elle se mit à lui caresser les cheveux.

— Allez, rentrons à la maison.

— Je ne veux pas rentrer à la maison.

— Louis, je t'en prie.

— Tu veux me placer en famille d'accueil.

— Ce n'est pas vrai.

— Je ne veux pas vivre avec toi, cria-t-il. Je veux rester ici et vivre avec Michel.

— Michel, il ne peut pas rester, annonça Maggie.

— Ainsi, vous êtes son père naturel? demanda sa grand-mère.

— Ouais.

Michel avait l'air de quelqu'un qui aurait préféré être ailleurs.

— Vous n'avez plus aucun droit sur ce garçon, dit-elle d'un ton ferme.

— Michel, il ne peut pas rester, répéta Maggie en tirant le bras de Michel. Nous avons à peine les moyens de survivre et avec le bébé qui s'en vient…

Tout le monde regardait Michel, y compris Louis.

— Qui a dit qu'il allait rester ? lâcha Michel.

Louis fixa Michel. Les voix se mêlèrent autour de lui.

— Vous n'avez aucun droit, répéta sa grand-mère d'un ton furieux. Mon mari et moi sommes les tuteurs légaux de ce garçon. Vous… vous pourriez être jeté en prison.

— De quoi parlez-vous ?

Michel haussa le ton pour la première fois.

— Je ne lui ai pas demandé de venir ici !

— Je t'avais bien dit que tu aurais dû appeler la police, dit Maggie.

— Et moi ? cria Louis.

Ils se turent tous et le regardèrent.

— Vous parlez tous de ce que vous voulez. Mais savez-vous ce que moi je veux ?

Il repoussa sa chaise qui tomba sur le sol, quitta la salle à manger en courant et sortit.

— Louis, attends !

Sa grand-mère courait derrière lui.

— Laisse-moi tranquille ! hurla-t-il.

Il ralentit. Il avait envie de se recroqueviller et de se coucher au beau milieu du stationnement.

Sa grand-mère lui saisit le bras.

— Je veux que tu reviennes avec moi.

— Je ne retourne pas chez nous.

— Alors continue à courir, cria-t-elle. Où iras-tu ensuite?

— Qu'est-ce que ça peut te faire?

— Si tu arrêtais de ne penser qu'à toi pour un instant, tu te rendrais compte que nous t'aimons.

— Vous ne m'aimez pas. Vous ne voulez pas de moi. Personne ne veut de moi. Je ne compte pour personne.

— Toi, toi, toi! cria-t-elle en levant les bras. Il n'y a pas que toi qui souffres, tu sais.

— Ce sont mes parents qui sont morts.

Sa grand-mère le fixa.

— Oui, dit-elle, ce sont tes parents. Et c'était *ma* fille et *mon* gendre.

Elle le saisit par les bras et le secoua aussi fort qu'elle le pouvait.

— Tu es un égoïste! Ton grand-père et moi ne voulons que t'aider. Si tu réfléchissais, tu comprendrais à quel point nous voulons être avec toi.

Louis était silencieux. Ses yeux commencèrent à piquer. Des larmes chaudes et salées se mirent à ruisseler sur ses joues.

— Louis, nous t'aimons. Nous t'aimons vraiment. Nous savons que nous ne sommes pas tes parents, dit sa grand-mère qui le tenait toujours par les bras.

— J'aimerais tellement qu'ils ne soient pas morts, sanglota Louis.

— Oh! Louis! Moi aussi.

— Ils me manquent tellement.

Tout était flou derrière ses larmes. Il sanglotait bruyamment, se moquant éperdument de ceux qui pouvaient l'entendre.

CHAPITRE 27

— Comment m'as-tu trouvé?

Louis était étendu sur le canapé, en pyjama. Sa grand-mère lui avait préparé une énorme assiette de spaghetti à leur retour à la maison.

— En voyant que tu ne rentrais pas hier soir, j'ai appelé Joey, dit-elle. Il m'a dit que tu étais allé voir ton père naturel.

«Bien sûr», pensa Louis. Joey en disait toujours trop.

Cependant, il était trop fatigué pour se mettre en colère.

Le téléphone sonna. Sa grand-mère répondit.

— Allô? Bonjour, Joey.

— Je ne veux pas lui parler, prononça-t-il sans son pour sa grand-mère.

Elle posa la main sur le micro.

— Ne t'en fais pas, Louis. Il ne veut pas te parler non plus.

Elle s'adressa de nouveau à Joey.

— Il est ici et il va bien. Oui. Merci d'avoir appelé.

Elle raccrocha.

— Que voulait-il?

— Il était inquiet. J'avais promis de lui donner des nouvelles quand je t'aurais retrouvé, mais j'ai oublié.

— Il ne voulait pas me parler?

— Tu ne peux pas le blâmer.

Louis ne dit rien.

— Maintenant, Louis, je suis heureuse que tu sois rentré. Mais tu devras dorénavant observer certaines règles.

— Pouvons-nous parler de ça demain? Je suis plutôt fatigué.

— Non. Discutons-en maintenant, dit-elle d'un ton ferme, mais doux. Je sais que je ne suis pas ta mère et je ne tenterai pas de la remplacer. Mais tu devras obéir si tu veux demeurer ici.

— Et si je n'obéis pas?

— Alors, tu vivras en famille d'accueil durant un certain temps.

Louis ouvrit la bouche pour protester, mais sa grand-mère ne le laissa pas parler.

— Et ne viens pas me dire que je ne t'aime pas et que ce n'est pas juste. Nous devons tenter de nous aider mutuellement, Louis. Tu as besoin d'ordre dans ta vie, tout comme moi.

— Alors, quelles sont ces règles?

— Il faut communiquer dans cette maison. Si quelque chose t'agace, je veux que tu me le dises. Si je fais quelque chose qui te déplaît, je ne changerai peut-être pas ma façon de faire, mais au moins, nous pourrons en discuter.

— J'essaierai, dit Louis en haussant les épaules.

— À compter de demain, je veux que tu laves la vaisselle tous les soirs après le souper. Je veux aussi que tu ranges ta chambre et que tu époussettes et passes l'aspirateur tous les samedis.

«On croirait entendre ma mère», pensa Louis.

— L'école, maintenant. Si tu es malheureux à ce point, nous pouvons t'envoyer dans un autre établissement. Mais tu *dois* aller à l'école.

— J'essaierai, grand-mère, dit-il en soupirant.

— Tu devras faire plus qu'essayer, Louis.

— Mais j'ai peur d'obtenir de mauvaises notes, admit Louis. J'ai manqué beaucoup de cours.

— Alors, nous accepterons l'offre de monsieur Garcia, annonça-t-elle. Il m'a dit qu'il était prêt à t'aider à te rattraper. Il veut que tu réussisses ton année.

Louis enfouit ses pieds sous les coussins du canapé et soupira.

— Encore une chose, commença sa grand-mère d'un ton hésitant. Je ne peux te forcer, mais j'aimerais que tu y réfléchisses. Je veux que tu consultes un psychologue.

— Quoi? Je ne suis pas fou.

— Je le sais. Nul besoin d'être fou pour voir un psychologue.

— Ah non?

— Tu me crois folle?

— Non, bien sûr que non.

— Pourtant, je vois un psychologue.

— Toi? Pourquoi?

— À la mort d'un proche, nous avons besoin d'une force surhumaine pour nous en sortir seul. Je n'ai pas cette force et toi non plus. Personne ne l'a. Je crois simplement que tu as besoin d'aide pour mettre de l'ordre dans tes sentiments. Comme moi.

— Qu'est-ce que vous faites lors de ces rencontres ?

— Nous discutons en groupe. Il existe une association pour les gens qui ont perdu un membre de leur famille. J'assiste aux réunions d'adultes. Si tu décides d'y aller, tu feras partie d'un groupe d'adolescents.

— M'asseoir avec d'autres et parler de la mort ? Non, merci.

— Comme je te l'ai dit, je ne peux te forcer, dit-elle en soupirant. Il faut que tu sois prêt à le faire. J'ai parlé à la responsable du groupe d'adolescents et elle m'a remis ceci.

Sa grand-mère fouilla dans son sac à main et lui tendit une carte sur laquelle apparaissaient le nom de la responsable et son numéro de téléphone.

— La prochaine session des jeunes débutera dans un mois.

— Ça ne m'intéresse pas.

— Garde seulement la carte, d'accord ? C'est tout ce que je te demande.

Louis haussa les épaules et referma ses doigts sur la carte.

Sa grand-mère se pencha en avant.

— Tu ne peux pas savoir à quel point ça fait du bien de parler avec des gens qui ont vécu la même épreuve que nous. J'ai enfin eu l'impression que je n'étais pas seule, que d'autres personnes éprouvaient les mêmes sentiments que moi.

Mais Louis n'écoutait plus. Il bâilla. Il n'était que vingt et une heures, mais il était épuisé.

— Tu ferais mieux d'aller te coucher. Tu dois aller au tribunal demain, dit-elle en se levant.

Le coeur de Louis se serra. Il avait presque oublié.

— Bonne nuit, dit-il à sa grand-mère en se levant.

Il lui serra rapidement l'épaule avant de se diriger vers sa chambre.

CHAPITRE 28

— Eh bien! Quelle surprise! dit Tami en apercevant Louis.

Barry et elle se trouvaient à l'extérieur de l'arcade.

Louis venait tout juste de sortir du palais de justice. Il était maintenant passé quinze heures et sa grand-mère avait accepté de le laisser aller au centre-ville, mais seulement après qu'il lui eut tout raconté à propos de Tami et de Barry.

Il avait été très impressionné par les visages sérieux qu'il avait vus à la cour. D'autres adolescents avaient commis des délits beaucoup plus graves que le sien. Il avait eu l'impression d'être un saint. Son procès aurait lieu dans deux semaines. Sa grand-mère avait promis de l'accompagner, mais cela n'avait pas été suffisant pour le rassurer.

— Pourquoi n'entrez-vous pas? demanda Louis.

Il faisait froid.

— Ils refusent de nous laisser entrer parce que nous n'avons pas d'argent, expliqua Barry.

— Moi, je gèle, dit Tami. Allons au cinéma.

Ils marchèrent dans la direction du centre Eaton.

— Qu'est-ce que tu fais dans le coin? demanda

Barry. Nous te croyions parti pour de bon.

— Tu as de l'argent? demanda Tami.

Louis réprima une envie de lui répondre en hurlant.

— Non, dit-il.

Il la regarda du coin de l'oeil et conclut qu'elle n'était pas si jolie que ça, après tout.

Ils arrivèrent devant le cinéma.

— Quel film veux-tu voir? demanda Barry.

— Je m'en moque, répondit Tami. J'ai les pieds gelés.

Mais avant même que Tami n'ait pu entrer en cachette, un homme grand et maigre marcha vers eux.

— Je te reconnais, dit-il en jetant un coup d'oeil furieux à Tami. Je t'ai poursuivie la semaine dernière.

— Vous devez vous tromper, je n'étais pas ici la semaine dernière.

— Ne me fais pas avaler ça, dit l'homme. Tes amis et toi feriez mieux de déguerpir; sinon, j'appelle la police.

— Ah oui? Attendez de savoir qui est mon père! C'est un des principaux actionnaires de votre chaîne de cinéma, cria Tami qui avait pourtant rebroussé chemin.

Ils sortirent de nouveau dans le froid.

— Qu'est-ce que vous voulez faire? gémit Tami. Il fait si froid.

« Et dire qu'avant, je trouvais cela amusant! » se dit Louis.

— Allons chez moi, suggéra Barry. Tu peux venir aussi, Louis.

Une fois chez Barry, Louis et Tami s'installèrent en bas; Barry leur dit qu'il les rejoindrait dans une minute. Sa soeur et son beau-frère étaient absents.

Tami et Louis demeurèrent silencieux durant un moment.

— Je passe en cour, dit soudain Louis. Pour avoir tenté de voler ce blouson.

— Dommage, dit-elle d'un ton détaché en se retournant pour mettre la radio.

— Ce serait bien d'avoir une amie avec moi au moment du procès.

— Pourquoi donc me dis-tu ça?

— Parce que j'aimerais que tu viennes, marmonna-t-il.

— Oublie ça, dit-elle en roulant les yeux.

— Mais, Tami, j'ai tenté de voler ce blouson pour toi.

— N'essaie pas de me blâmer. Ce n'est pas ma faute si tu as été assez stupide pour te faire prendre.

Ils échangèrent un regard furieux. Avant que Louis n'ait pu répondre, Barry apparut dans le haut de l'escalier, une bouteille à la main.

— Regardez ce que j'ai trouvé, dit-il en souriant.

— Super! s'exclama Tami.

Louis se leva.

— Je m'en vais.

— Oh! c'est vrai. Monsieur croit que c'est mal de boire de l'alcool, dit Tami.

— Je ne crois pas que c'est mal, mais que c'est stupide.

— Ça, c'est ton problème. Moi, j'adore boire.

— Tu te crois tellement cool, rétorqua Louis.

— Ça suffit, vous deux, intervint Barry. Prenez un verre.

Louis les observa. Il savait qu'ils n'étaient pas ses amis. Ils ne l'avaient jamais été.

— Eh bien? dit Barry d'un ton impatient.

Louis regarda Tami, puis Barry et la bouteille. Il saisit son manteau.

— Faites attention à vous, d'accord?

Il monta l'escalier quatre à quatre et sortit de l'appartement, claquant la porte derrière lui. Il savait qu'il ne les reverrait plus jamais.

CHAPITRE 29

— … joyeux anniversaire, Louis, joyeux anniversaire !

Ses grands-parents applaudirent tandis que Louis soufflait les quinze bougies qui ornaient le gâteau au chocolat.

— Merci, dit-il en souriant.

Il y avait maintenant deux semaines que Louis était retourné à l'école. Cela n'avait pas été facile, mais il s'était aperçu que nombreux étaient ceux qui semblaient vouloir l'aider. Certains le traitaient encore comme s'il souffrait d'une maladie contagieuse, mais d'autres s'assoyaient avec lui à la cafétéria, lui prêtaient leurs notes et l'invitaient même au cinéma.

Cependant, Joey lui manquait beaucoup. Il n'aurait jamais cru cela possible un mois auparavant. Même si tout le monde était très gentil avec lui, ce n'était pas pareil sans son meilleur ami à ses côtés.

Son procès aurait lieu le lendemain. Il avait la nausée rien que d'y penser.

Il chipota son morceau de gâteau au chocolat durant quelques instants.

— Si ça ne vous ennuie pas, je crois que je vais aller

dans ma chambre, dit-il à ses grands-parents.

— Je comprends, dit sa grand-mère. Ce sera une longue journée demain. Et puisque c'est ton anniversaire, je suppose que tu peux laisser tomber la corvée de la vaisselle ce soir.

Elle lui fit un clin d'oeil.

— Merci pour le gâteau et tout, dit-il en se levant.

— Oh! attends! Il y a quelque chose dans ta chambre. Un cadeau de ton grand-père et moi.

Louis les regarda, curieux. Mais sa grand-mère avait déjà commencé à débarrasser et son grand-père avait pris son journal.

Il ouvrit la porte de sa chambre.

Sa basse se trouvait sur son lit.

CHAPITRE 30

Louis regardait droit devant lui. Il voulait éviter le regard des autres adolescents. Il s'assit sur le banc dur et inconfortable de la salle de tribunal, se sentant effrayé et seul, malgré la présence de sa grand-mère à ses côtés.

— Levez-vous.

Louis se leva ; le juge entra et s'assit.

— Vous pouvez vous asseoir.

Il s'exécuta. Sa cause serait entendue plus tard.

Sa grand-mère avait trouvé un avocat grâce à l'aide juridique. Ils n'avaient pas eu à discuter longtemps. Il avait été convenu que Louis plaiderait coupable avec circonstances atténuantes.

Quelqu'un s'assit à côté de lui. « Ne le regarde pas, pensa Louis. C'est probablement un voyou qui a agressé une vieille dame ou quelque chose du genre. »

Soudain, la personne posa une main sur l'épaule de Louis.

C'était Joey.

Louis ne dit rien. Il se contenta de sourire.

Ils marchèrent jusqu'à l'école lorsque le procès fut

terminé. Louis acheta des hot-dogs pour célébrer l'événement.

— Tu t'en es tiré facilement, fit remarquer Joey.

Le juge avait déclaré qu'il prenait en considération les problèmes qu'avait eus Louis et qu'il ne sévirait pas. Cependant, s'il y avait une prochaine fois…

Louis avait voulu dire au juge qu'il n'avait pas à s'en faire. Il ne reverrait jamais Louis Wheeler au tribunal.

Louis et Joey mangeaient leur hot-dog.

— Joey, je veux m'excuser. J'ai été un vrai salaud.

Joey haussa les épaules.

— Oublie ça. Je le suis aussi, parfois.

Louis se mit à rire.

— Tu sais quoi ?

— Quoi ?

— Ma grand-mère a racheté ma basse. Elle a découvert que je l'avais prêtée sur gages ; elle a pris le coupon et l'a rachetée.

— Quelle grand-mère tu as ! Elle est cool, n'est-ce pas ?

Louis acquiesça.

— Je me demande seulement qui a bien pu lui dire que je l'avais prêtée sur gages.

Joey s'éclaircit la voix et fit mine d'essuyer de la moutarde sur son menton.

— C'était toi, n'est-ce pas ? demanda Louis.

Joey haussa les épaules.

— De toute façon, je suis content de l'avoir récupérée, admit Louis. Je ne croyais pas qu'elle me manquerait, mais je me trompais.

Il hésita.

— Tout comme je ne croyais pas que tu me manquerais.

Joey demeura silencieux. Puis, il sourit.

— Un homme et sa musique ne devraient jamais être séparés.

Ils arrivèrent à l'école Degrassi.

— Peut-être, commença Louis d'un ton hésitant, peut-être pourrons-nous jouer de nouveau un jour.

Les yeux de Joey étincelèrent.

— Bien sûr. N'importe quand. Quand tu en auras envie.

Joey donna un coup de poing amical à Louis et celui-ci l'imita. Il se mit à rire.

— Allez, Jeremiah. On va être en retard à l'école.

Dans la même collection

- Joey Jeremiah
- Sortie côté jardin
- Lucie
- Stéphanie Kaye
- Mélanie
- Épine
- Jean
- Catherine
- Louis
- Benoit

ACHEVÉ   D'IMPRIMER
EN   SEPTEMBRE   1992
SUR   LES   PRESSES   DE
PAYETTE & SIMMS INC.
À SAINT-LAMBERT, P.Q.